王晓静／著

愿我们
终被时光雕刻

中国华侨出版社

序言 Preface

  有次在去西塘的旅途中遇到一个女孩，明眸善睐，酒窝里盛的笑容如春阳般灿烂，手腕上缠着一圈圈红色的相思豆，殷红如血，娇艳欲滴。晚上洗漱时她将手链取了下来，我才赫然看见那条伤疤，如一条细长的小蛇一样蜿蜒伏在手链遮挡的地方，触目惊心。后来，我才知道，这个阳光活泼的女孩竟然有过一段伤心的往事，她将自己置于一个死局，无处突围。最终，她选择了结束痛苦，放弃自己。还好，身边还有很多不愿放弃她的人，还好，她邂逅了一本作家的书，她木着一颗心看完，竟泪流满面。从此，她渐渐将自己从泥淖里拉出，重新找回那个快乐单纯的自己。

  她的话让我为之动容，我从来没有想过，文字有这么大的力量，可以让人脱胎换骨，也从来没有想过，写作的意义竟可以如此之大。从那一刻，我忽然为手中的笔找到了方向。

  这些年来，那些遇到的人，听过的话，读过的字，经历的事，在心底层层叠叠地堆积了太多的思绪。它们挤挤挨挨，探头探脑，在心里按不下、捺不住，于是只好用笔为它们找到一个喷涌的出口。这些不甘寂寞的文字也曾发表在一些报纸杂志上，不知曾落了谁的眼，入了谁的心，濡湿过谁的眼睛。但我想，哪怕只有一篇文字让你感动过，温暖过，我都会粲然。

还记得曾经那个走在校园里，意气风发的自己吗？还记得那些年少时做过的梦吗？不知何时，它们都化作了耳边呼啸而过的风。而我们，生活在这浮躁世界，眼睁睁看着自己的脚步越来越慌张匆忙，心穿上一层又一层冰冷坚硬的盔甲，却不知所措。

我希望这些被唤醒的文字能够施展它们的魔法，帮你找到那些失去的安宁和内心的顿悟，为你掬一捧清泉洗去心灵的疲惫，让你拥有继续走下去的智慧和力量。

我等着，终有那一刻，你会隔着书香，与我相视一笑。

目录 Contents

第一篇
岁月缱绻，于爱情中成长

　　光阴里的爱与哀愁终会在风中消逝，但那年杏花疏影里，你的微笑，永远是藏在回忆里的珍宝。

一　流浪歌手的情人　003
二　被房子圈养的爱情　008
三　相思相望不相亲　012
四　有些别离，是岁月　014
五　对的人是不会失散的　017
六　因为爱，才卑微　019
七　水仙花田里的一世绝恋　022
八　想你，总在风起时　024
九　漂洋过海去看你　027
十　也许我爱的只是那个自己　030
十一　从前车马很远，一生只爱一个人　034
十二　鳗鱼先生和沙拉小姐　037
十三　想我时，你是什么表情　040
十四　与你并肩的木棉　042

第二篇
爱染流年，在相守里修行

你知道吗，为了与你白首不相离，我愿学尽十八般爱情的武艺。

一　别急，爱不能将就　047

二　不是公主，怎会遇到王子　050

三　爱情的硬伤　052

四　别跟着他骗自己　055

五　珍爱生命，远离坏男人　057

六　让最好的自己遇上最合适的你　059

七　恋爱诫律　062

八　亲爱的，他没那么喜欢你　064

九　爱要么燃烧，要么长久　067

十　女神的秘密　069

十一　左手牵不到右手　072

十二　会恋爱的古代才女们　074

十三　不要总活在别人的圈子里　077

十四　不媚男人，只悦自己　079

十五　结婚是锦上添花，不是雪中送炭　081

十六　擦亮心，半闭眼　083

第三篇
万物美好，重新邂逅自己

那些栖息在花朵深处的风，湖水上飘荡的月光，那些隐秘的美值得我们用一生去寻找。

一　含着一口春天　087

二　7月，一面湖水　089

三　指尖蔻丹自妖娆　093

四　盛夏，会荷　096

五　抱得秋情不忍眠　099

六　秋天拜访白桦林　102

七　晚来天欲雪　105

八　德令哈，诗意的栖息地　106

九　山水有清音　110

十　高原上的江南　113

十一　雪域神山　116

十二　阳朔，掉进明信片中　120

十三　苏州的清甜时光　123

十四　古镇，启一封岁月的信　126

十五　上海弄堂里的旧味　128

十六　丽江，不只有艳遇　130

第四篇
轻抚心灵，那些温暖的瞬间

眼泪洗过的眸子更加清澈动人，眼泪冲刷过的心灵更加纯净柔软，卸下坚硬冷漠的铠甲，感受那些让我们流泪或沉思的瞬间。

一　一场流泪的宴席　135

二　柠檬茶的诠释　138

三　一本夹着太阳的书　140

四　沉重的月光　143

五　那场青春里的遥望　146

六　夕阳里的雕像　149

七　风过紫藤香　152

八　流年里那枚青果　156

九　永远不灭的心灯　158

十　成长的乐章　161

十一　变老的公主　165

十二　父爱串起的时光碎片　171

十三　血浓于水　174

十四　母爱是一场轮回　177

第五篇
不忘初心，与自己握手言和

今夜，在亘古不变的山间清风和波上明月的见证下，我完成了一次和心灵的对话。

一　聆听心底的声音　183

二　裙裾飘飘的日子　185

三　奋斗的日子不枯萎　188

四　接受自己的不完美　190

五　没人有权利左右你的幸福　192

六　简单之美，禅意清芬　194

七　乌云是为了让你为光明欢呼　196

八　再累也别忘了抱抱自己　200

九　黑暗里，坐听花开　202

十　淡极始知花更艳　204

十一　人生没有绝路　206

十二　做自己的伯乐　208

十三　说走难走的旅行　210

十四　谁的青春不荒唐　212

十五　心有斑斓景自春　214

十六　人生可以另起一行　217

第六篇
慢时光，沉淀出气定神闲

热爱生活的人，眼中都有光。只是这生活，有的人选择了浓油赤酱，有的人选择了清粥小菜，不同的眼光决定了不同的心境。而我只想慢下来，再慢下来，细数那梧叶间漏下的丝丝天光。

一　中药铺的气息　221

二　一壶好茶熨平生　224

三　烘焙能使人幸福　226

四　吃花记　228

五　女红里的闲适　231

六　一花一世界　233

七　有恋物情结的人都是可爱的　234

八　蔷薇满墙的书吧　237

九　棉布时光　239

十　那些夏日的午后　241

十一　走走停停，与世界对话　243

第一篇

岁月缱绻，于爱情中成长

光阴里的爱与哀愁终会在风中消逝,但那年杏花疏影里,你的微笑,永远是藏在回忆里的珍宝。

一　流浪歌手的情人

认识萧翎是在大学的迎新晚会上，他携着一缕清新的风冲到后台，急急地问："请问我的节目是几点？"林岚抬起头，一下子撞上他的眼，她愣住了，她从来没见过这样明亮的眼，清亮得直逼人心。恍惚中，旁边有人应了声"6点半"，他又像一阵风似的走了。那天，她认真地听了他自弹自唱的歌——许巍的《旅行》。记住了这个像风一般的男孩。

萧翎，学校"涅槃"音乐社团的创办者，喜欢篮球、啤酒和吉他。

林岚动用自己所有的关系弄来了他的信息，然后远远地看着他，便如遇到故交般，心里涌起一阵温暖和欢喜。他总是穿一条泛白的破牛仔裤，戴一顶黑色的棒球帽，一边走一边随意地哼唱，帽檐下的阴影里一双眼睛灼灼明亮。

他像一阵风，真像一阵从旷野吹来的带点野性的风。她在心里想。

樱花开了又落，落了又开，浅浅的粉如少女羞赧的脸颊。也许是上天眷顾，他们的命运竟奇妙地相触，继而交汇。因为社团的联谊活动，萧翎认识了林岚，这个吐气如兰、说话柔声细语的女子。她在他眼里就像一团江南的烟雾，仿佛轻轻一吹便会消散，他永远都忘不了，春天的樱花树下，她亭亭玉立的身影和眉目的清晓如画。

两个人很自然地走到了一起，孤独的青春里因为有了对方，一下子像铺开了一匹光彩夺目的织锦彩缎。

暑假，林岚跟着萧翎去了他以前支教过的村庄，没有她想象中的满山遍野的绿草如茵、山花烂漫，有的只是黄土满地，风沙漫天，牛马在村庄里悠闲地散步，踢起地上一团团尘雾。她不由自主地掩着鼻，生怕吸入牲畜的粪便气味，左躲右闪地避开那些衣衫肮脏、流着鼻涕的村童们。而萧翎始终挂着灿烂的微笑，大声跟乡亲们打招呼，亲热地一把抱起小孩扔到空中。她不由得笑了，只要他开心，她就会嘴角上扬。

晚上吃过饭后，两人围着红彤彤的炉火相依而坐，萧翎说起小时候光着屁股赶羊，结果被羊啃屁股的趣事，两人乐得哈哈直笑，大笑过后忽然有了一瞬间的沉默，屋里寂静得只能听到木柴噼噼啪啪在火中挣扎的声音，空气仿佛凝固了，两人都觉得有些尴尬，但都不知道怎么打破这寂静，这短暂而漫长的一瞬间使她忽然感觉，她和他之间有一道隐形的无法泅渡的水域。

"来！"萧翎先说话了，他跳起来，左手抓起身旁的吉他，右手抓住林岚的手腕飞快地向院子里跑去。"哇！"林岚忍不住低低地发出一声惊叹，从小在城市里长大的她从来没见过这么大这么美的星星，像黑丝绒上镶着的粒粒钻石，低低地压在头顶，没有任何建筑物阻挡，那么近地直逼你的眼睛，他拉着她坐下，开始弹起吉他，清澈的木吉他声伴着阵阵微凉的夜风如温柔的呓语从她的耳畔拂过，一时让她忘了今夕是何夕，恍惚中，眼前他的眼睛也变成了璀璨的繁星……

青春的时光总是走得飞快，转眼临近毕业，校园的广播里日日放着有关离别有关哀愁的歌，空气里也含了一丝眷恋的气息。每天晚上，校园的小树林里都会听到恋人们的争吵哭泣，有的恋人因为回谁的家乡而争吵到分手，有的恋人因为父母不接受对方而分手，有的并不熟悉的两个人却因为各种原因在这个时候仓促惶然地走到了一起。就当林岚已经决定说服家里人跟着萧翎走的时候，萧翎却退出了。一直如糖般甜蜜的爱情忽然变成了一把尖刀，一刀一刀把她的心剜得血肉模糊。林岚明白，没有足够的爱，一片树叶都能化作如山的阻碍，所有看似理由的理由其实都不算理由，他不过是不爱了。

这是林岚的初恋，也是她初次对爱有了自己的认识，只不过，这认识最终归于偏激。

毕业后她考上一座很远的城市上研究生，这是一座高原的小城，四季都如春天般和煦，日日有阳光晒干发霉的心事，她慢慢爱上了这里，她想，那颗冰冻的心有天也会在这样温暖的阳光里苏醒吧。

毕业后的林岚留在了这座城市，进了一所大学当辅导员，兼任心理咨询老师。她很喜欢教师这个职业，传道授业解惑，每天跟青春活泼的学生们在一起，心也好像变得年轻了。

或许现在的大学生更注重心理健康了，来找她咨询的人很多。

在他们中，有为就业压力来的，有为与同学关系不和来的，更多的是为感情问题来的。在这些学生中，她印象最深的是一个叫小米的女孩，纤巧柔弱，如一株小小的含羞草，但这个小女孩的体内却蕴藏着一种巨大的坚定的力量。她爱了一个男孩十年，从未放弃，这种爱如飞蛾扑火般毫无保留，哪怕把自己烧为灰烬。

林岚在她身上看到了自己当年的影子，她不止一次地劝说小米不要陷得太深，把这浓烈的爱分一些给自己，可当局者迷，她哪能听进去这些劝呢。有时看到小米那为爱情神采奕奕的脸，就连忧愁都是那样动人，林岚开始觉得自己老了，也许是因为失去爱的能力了。

　　工作之后的林岚身边不乏追求者，她继续谈起了恋爱，也有浅浅的心动，更多是深深的寂寞，差不多一样的人，一样的过程，就连每次恋爱的结局都一样——无疾而终，她明白，是自己的原因。

　　在一个城市待得久了，便会想到逃离，而漫长的暑假是最好的机会，林岚想了很久，还是决定去西藏——这个她曾经和萧翎约定一起去的地方。虽然物是人非，但一个人的旅途或许有更美的风景。

　　拉萨，八角街，阳光炽烈，人潮汹涌。有长辫子的藏族姑娘在路边卖着饰品，还有满街英俊的康巴汉子手握刀柄，像匹悠闲的骏马一样漫步街头。她静静地看着他们，觉得每个都像他。

　　拉萨的日光晒得人慵懒而恍惚，满眼浓郁的异域风情，满眼影影幢幢往事的影子在游荡。林岚扶着墙慢慢蹲下，忽然泪流满面。都说这里是离天堂最近的地方，有那么多寺庙可以让灵魂皈依，可曾被重创的心又将如何安放呢？抬头望，瓦蓝瓦蓝的天空高高地俯视着世间的众生。

　　在这样陌生的小城里，不认识任何人，任何人也都不认识你，和众多陌生的人和物擦肩而过，悠然自得。

　　林岚信步走进了一条小巷，狭窄干净，恍惚中好像在梦里来过这里，两旁的房屋都是用石头砌的墙，每户人家的阳台上都摆着不知名的花，红艳艳地开着，有种俗世的欢喜。

　　走到尽头，是一个酒吧，里面隐隐传出音乐声，她看着酒吧的招牌

"等你"，忽然心中一动走了进去。屋子幽深而阴凉，昏黄的灯光慵懒而暧昧，一个歌手刚唱完，正脱下帽子向听众们行礼。她找了个靠窗的位子坐下，托着腮静静地听他的下一首吟唱，"我的每个幻想，总在每一个秋天飞扬，我的每个悲伤，总在每一个夜里生长，我的每次飞翔，总在漫无目的的路上，我的每次歌唱，总在每一个夜里飘荡……"

她的心像一池春水慢慢被风吹皱，她低下头玩弄起咖啡杯里的勺子，这时，桌子的玻璃板下一张照片映入眼帘，一个戴着棒球帽的男孩正坐在吧台前，手里拿着吉他，帽檐下的阴影里模糊可见他淡淡的微笑。

他！是他！她的心咚咚地跳了起来，她赶紧挪开杯子，凑近照片，这个男子，即使化成灰她也认得，因为他的一颦一笑早已深深刻进心里了。

照片显然是在这个酒吧拍摄的，光线、吧台、东西的摆设都一模一样，年轻的服务生走过来。

"你好，需要什么东西吗？"

"请问你认识这个人吗？"

男孩看看照片迅即抬起头端详了她一会儿，说："他早就走了……"

原来萧翎在毕业的那年便来到西藏，辗转于各个酒吧唱歌挣钱，存了点钱后便到条件艰苦的阿里支教，他临行前把照片留在这儿，说如果有个大眼睛唇边有颗痣的女孩问起他，便把照片送给她。

林岚定了定神，从玻璃板下抽出照片，背面写的有字，是萧翎那稚拙的笔迹，曾经她常嘲笑他的字迹像小学生一样端端正正，如今看来，却字字满是刻骨的深情。

"你是应该长在城市阳光下的花，而不该成为草原上风吹雨淋的格桑。"左侧写了这样一句话，右边是一首仓央嘉措的诗：你跟，或者不跟我/我的手就在你手里/不舍不弃/来我的怀里/或者/让我住进你的心里/默然相爱/寂静欢喜。

林岚的心里像刮过一阵大风,一直以来伪装的坚硬外壳被卸下,只留下最柔软的内核,耳边悠悠响起很久以前萧翎说过的一句话:"做流浪歌手的情人是很辛苦的,要随时做好风餐露宿的准备。其实即使不能相守,看到心爱的人幸福便足够了。"她的眼睛渐渐模糊了,轻轻地抚摸着照片说:"真傻,如果不能和爱的人在一起,又怎能幸福?"

窗外,日光倾城,天空蓝如童话。

二 被房子圈养的爱情

那年,在朋友的生日聚会上,许怡然认识了陆离,他是个编辑,身上有许怡然喜爱的书卷气,而许怡然的清纯也让陆离一见钟情,两人相互倾慕,郎情妾意,分分钟都要在一起,这时的许怡然是快乐而满足的,心情也是跃跃欲飞。

但是处的日子久了,她才知道,原来他这样清贫,清贫到一直租住在狭窄的出租房里。许怡然急了,没有房子怎么行呢!怎么结婚呢!他捧着她的脸郑重地说:"面包会有的,房子也会有的。"

她恼怒地甩开他的手说:"没有房子那我们的爱情怎么安置?"

他愕然,喃喃道:"爱情跟房子有关系吗?"

"有关系,就是有关系,我不想让我们的感情在出租屋里辗转迁徙,居无定所!"

她大声说着,眼里已是泪花点点,心忽然变得很痛,许怡然很清楚,不是心痛不能拥有女人都想有的那种安定感,而是心痛这时的自己已经开始嫌弃他的清贫了。但是,她多想有个自己的房子,铺着缀着金线流苏的地毯,奢华的欧式吊灯,落地窗前必须要有一个让人能陷进去的松软沙发,可以啜着咖啡赏夜色阑珊……

思想激烈地斗争了几天,她知道,她等不了了。许怡然是那种很清楚自己要什么的女人。她淡淡地向闺密解释道:"每个人都有权利去追求更好的生活,何况是一个漂泊在异乡的小女人。"

分手那天,天空飘着零乱的碎雪,往事也都随雪花飘落眼前,陆离一把将她抱到怀里,吻着她的头发,久久沉默。

时光流水杳然去,相亲的对象纷至沓来,可始终没有遇到如意的,有时,她会问自己,到底想要什么?可心中除了那声叹息别无他应。

对女人来说,最害怕的莫过于青春逝去。再骄傲的女子一旦开始走向30岁便会有难以抑制的恐慌,这种感觉就像暗夜里突然梦醒,望见窗外几颗寥落的星子,悠悠忆起当年事,心里一片空茫、无措,很想抓住什么东西来填补这种不踏实感。

赵峰在这个时候很适时地出现了,他约许怡然到"金苑居",这是全市最好的五星级酒店,她站在水晶吊灯下,忽然有种公主的感觉,如果身边的人是陆离就好了，她赶紧回了一下神，提醒自己不要胡想。这个暗恋过她的老同学赵峰，时隔多年好像没当初那样讨人嫌了，就这样，他在她最需要安定感的时候，带着旧日中学时代青涩的回忆出现在许怡然面前，钻戒套在指上，她有了些许感动，他又赶紧送上一套复式别墅作为两个人的新居，当一切想要的都出现在眼前时，许怡然冰封的心终于沦陷了。

但感觉这东西是勉强不来的，貌合神离只瞒得过一时，瞒不了琐碎的日子。结婚两年了，赵峰始终无法进入她的心，他们也像无数对夫妻一样吃饭，睡觉，但总是没来由地，她就觉得提不起精神，再热的言语下面藏着一颗冷心，时间久了任谁都会感觉出来。他回家的次数越来越少了，说是生意上应酬多，忙不过来，她总是一笑置之，她躺在又大又空的双人床上辗转反侧，午夜醒来忆起刚才的梦，自己在为一个伏案读书的人煮饭熬粥，而那个人是陆离。

许怡然终于知道，有些东西是时间无法毁灭和构建的。

结婚第三年的冬天，她和他的婚姻也走到了天寒水枯，无休止的争吵让人绝望。这天，赵峰满身酒气地回到家，将一张离婚协议书拍到她面前说："我们离婚吧！"她沉默了一会儿签上了自己的名字。

办离婚手续那天也下着雪，纷纷扬扬地遮盖了许怡然的视线，恍惚中好像听到赵峰说："我从来没有得到过你，从来没有！"她一如既往地面无表情，不置可否，忽然想起多年前的那个雪天，陆离冰冷的眼泪和温暖的怀抱。

世事沧桑，光阴流转，他还会如往昔般温润如玉吗？她没有想到，陆离竟会给她打电话，约她出来见面。

灯光幽暗的咖啡馆里，陆离的容颜清瘦如昔，她的心又像初相识那样剧烈地跳动了起来。她始终不敢看他的眼睛,因为她始终觉得欠了他的情。神思恍惚间,听到陆离说:"听说你和他分开了,我就赶紧找到你,因为这么多年,我无时无刻不在想你。"

"你不恨我吗?"

"不,我只想问你,现在你还愿意跟我回到出租屋过那种清贫生活吗?"

"我愿意!"许怡然猛地抬起头,回答的迅速让她自己都不禁红了脸颊。是的,这么多年的时光,终于让她明白了一个道理,真爱无敌,在深沉广博的爱面前,那些物质都是虚无的。

陆离的嘴角弯起一个好看的弧度,他把一串钥匙放在许怡然的掌心,说:"这是新买的房子,只是缺个女主人,现在皆大欢喜。"许怡然微笑着打了他一拳,眼角却笑出了点点泪光。

三　相思相望不相亲

　　他，是一个相国公子，是一个从出生就被绫罗锦缎包裹着，被珠宝财富簇拥着的富贵闲人。他又是一个才华横溢的多情诗人，写的词句被后人世代传诵。他就是清代的词人纳兰容若。

　　而她，自小受的是"传唯礼义、训有诗书"的文化熏陶，系出名门，温柔娴静，自有一派大家风范，她是纳兰容若的妻子卢氏。

　　18岁那年，佳人嫁给了才子，相国府内人人赞叹他和她真是一对天造地设的璧人。

　　红烛摇曳的温柔光影里，他轻轻掀开红盖头，那含羞带怯的娇颜，一见便已倾心。于是这一夜，他们将此生的深情都交予对方。和民间的百姓夫妻相比，他们都出身贵胄，华衣锦食，没有日常俗务的烦扰，尽情享受纯粹的琴瑟和鸣的爱情。

　　有时，他们挽着手立在小窗前，看窗外落红如雨，有时，他们互相依偎着坐在绣榻上，赏天边欲坠的夕阳。他一直以为他才23，而她21，都是正青葱蓬勃的年纪，日后将会是一辈子的相携相伴，所以并未珍惜这韶光锦年。

"赌书消得泼茶香，当时只道是寻常"。是啊，当时只道这种耳鬓厮磨的幸福生活十分寻常，现在回想起来却永远成为过去了。本以为，有些人一出场，便是这场戏永远的主角，谁曾想，只是个匆匆的过客。她为他生下孩子后，因为产后受风引起并发症，缠绵病榻，半个月后香消玉殒。

他悲痛欲绝，骤然觉得这世间生无可恋，每年她的忌日他都写有悼亡词作，在她离世后，他的词风遽变，从清丽婉约转向哀感顽艳，句句深情，字字如杜鹃啼血。"此恨何时已。滴空阶、寒更雨歇，葬花天气。三载悠悠魂梦杳，是梦久应醒矣"。是啊，即使是一场大梦，也该有醒的时候啊。至死不渝的爱情，大抵就是如此吧。

"慧极必伤，情深不寿"，他的悲伤日渐损耗着他的精神气血，他这一介文人的体质本就孱弱，8年之后他也因为寒疾而亡。但他留下的那本辞藻清丽的《饮水词》却流传世间，当时盛传"家家争唱饮水词，纳兰心事几人知"。

古代的才子们，如此深情的并不少。苏轼的妻子已死去10年，可他一念起便心痛不已。"十年生死两茫茫，不思量，自难忘，千里孤坟，无处话凄凉。纵使相逢应不识，尘满面，鬓如霜……"还有唐代元稹为亡妻写下那首脍炙人口的《离思》："曾经沧海难为水，除却巫山不是云。取次花丛难回顾，半缘修道半缘君。"他们的诗情随着胸中难以消除的思念成就了一篇篇锦绣诗篇，他们的爱情也被浅吟低唱，世代流传。

爱情，有很多种形式。可以是鸳鸯交颈，缠绵缱绻，也可以是如这般生死契阔，即使"相思相望不相亲"又如何？这份如海般广博的爱已被永远珍藏在心灵深处，那是一生最璀璨的瑰宝。

四　有些别离，是岁月

国学大师季羡林在回忆录《留德十年》里写过一段令人唏嘘的恋情。他在留学德国时曾与迈耶家的伊姆加德小姐相恋，一台打字机是他们之间的桥梁，无数个闪光的日子都在伊姆加德的打字声和两人的谈笑声中流逝。

内容复杂枯燥的梵文，对伊姆加德来说简直如同天书，可她总是面带恬静的微笑，毫无怨言地打印这些"天书"，而她索要的报酬竟然是要求季羡林陪她逛遍哥廷根。

每当伊姆加德帮忙打印完一篇论文，季羡林就会兑现承诺，带着她去哥廷根的某个地方逛。安静的午后，他们在市政厅广场的抱鹅女郎铜像下看鸽子纷飞；温暖的春日，他们坐着小船随意地在湖上漂荡；深秋的黄昏，他们在布满落叶的小径上散步……他们牵着手把爱的足迹印满了哥廷根的大街小巷，那段日子是两人一生中最美的时光。

有次他们约会在城东的一家森林咖啡屋，伊姆加德忽然抬头问："当我们70岁时，你还会带我来这里喝咖啡吗？"季羡林愣住了，他没有回答。在他心中，哥廷根只是第二故乡，他还是要回到祖国的。后来他经过艰难的思想挣扎，最终离开了哥廷根，离开了他最爱的伊姆加德。之后两人还通过几次信，但慢慢地就被岁月冲散了，断了音讯。

时隔38年后，季羡林已过古稀之年。他仍然在内心的呼唤下去往哥廷根寻找伊姆加德。小屋依旧，繁花如昔，可开门的是一个面容陌生的中年妇女，季羡林颤抖着声音询问伊姆加德的下落，换来的却是一句冷漠的"不知道"，这句话让他瞬间便热泪盈眶，他轻声地道了歉，然后失落回国。

季羡林哪会想到，他美丽的伊姆加德终身未嫁，这个深情而执着的女子把她一生的年华都交付给了他，当他去找她的时候，她就在楼上的小屋住着，那洁白的桌布，银灰色的老式打字机，桌前并排放着的小方凳和深蓝色沙发椅都还在原位置摆放，一切都如当年的样子，仿佛时光永远在最幸福的那一段凝固。而她楼下的新住户不知道她的名字，就这样，两个人错过了他们一生中最后一次相见的机会！

90多岁的季羡林常常会拿着伊姆加德曾寄给他的照片，看着她在照片背后的问候"你好吗？"声音温柔地回答："我很好。"照片里那个女子温婉的笑容是他见过的最美的风景，纵使世事沧桑，这颗心也不会改变初衷。可没有人知道，这轻轻的一声问候里却蕴藏着无尽的心酸和无奈。

有些时候，一念动便是千里之外，一转身便成沧海桑田。最无奈的莫过于那首歌里唱的："后来，我终于学会了如何去爱，可是你早已远去，消失在人海。后来，终于在眼泪中明白，有些人，一旦错过就不再……"是的，有些错过，就是永远。将我们的爱情消磨殆尽、挫骨扬灰的往往是岁月——最强大最无法躲避的漫长时光。

也许，低眉回首间，会忆起很多往昔，但终究只是忆起。一切都被光阴蒙尘成为往事，才明白，此去经年，从此萧郎是路人。

也许，朱颜会渐渐在思念里湮灭漫漶，心会生出皱纹，曾经的翩然少年也会渐生老相。可难过的不是变老，而是不能同你一起变老。

张爱玲的《半生缘》中，曼桢和世钧历尽千辛万苦、命运捉弄，终于相聚后，却是一句："我们再也回不去了。""世钧感觉自己一直在挣扎，和岁月抗争，因为过去了，就不会见到曼桢，和死了一样"。这样的相聚其实是最痛的别离，像骨髓里插入冰凌，淡漠的面容下隐藏着冰冷的刺痛。

白马轻裘的年代，年少轻狂的我们将离别看得很淡，总以为青春悠长，后会有期。可走着走着才发现，我们都走得太远了，远到对方在眼里已渺小如尘埃，曾经那个大到占据了整个心都还不够的人，不知从何时开始渐渐缩小，因为心房里还要盛放很多其他。

江淹写过："黯然销魂者，唯别而已矣。"在人生的这列车上，上车的、下车的、错过的、常驻的风景络绎不绝。而最终明白，有些别离，是横亘在我们之间那无法泅渡的岁月。

人生若只如初见，何事秋风悲画扇。既然不能携手于余晖里细数光阴，那就将这份水晶般纯净的爱封锁在记忆的风中，且听风轻轻吟唱，那是青春的如歌行板。

五　对的人是不会失散的

　　周洛洛和程成的爱情始于春天，经历了两个季节的轮回。这两年不长不短，像水一样渗透了他们生命的每个罅隙，爱情变得像呼吸般自然。可不知从何时起，他们觉出了一丝倦意，有时甚至觉得对方很陌生，程成开始觉得周洛洛有些庸俗，周洛洛开始觉得程成不够体贴。

　　终于，一次次的争吵后，周洛洛说："我们分手吧，听说检验真爱的手段之一就是分开，如果是对的人，还会再重逢。"程成正在气头上，冲口而出："好啊，别等我太久啊。"

　　就这样，他们又开始了单身的生活。程成夜夜跟朋友们四处玩乐，像是回到了刚毕业那时候。但日日笙歌之后，他开始感到空虚，他才明白，这样的生活像是油腻腻的红烧肉，不是日日都能吃的。他靠着空荡荡的厨房抽着烟，开始想念曾经清粥小菜般淡而有味的生活。脑海里，自然而然地跳出那个白净纤瘦、总是笑容暖暖的姑娘。

　　而周洛洛分手后也没闲着，迅速买了机票，小鸟出笼般飞往地图的各处，那是她早就心心念念的景色。更好的是，单身就不必再多操心一个人的衣食住行、头疼脑热，不必再遇到帅哥时考虑乱放电的后果。周洛洛仿佛又回到了刚毕业那会儿，长发一束，布衣仔裤，带着所有的积蓄轻松地踏上了旅途。她想，如果能忘了他，就在最喜欢的城市落脚，找份工作，努力生活。

这期间，他们都曾再试过和其他人相爱，这些人在他们的人生中留下或深或浅的印迹，但最终都会如水汽般蒸发掉。在这些交往中，他们发现自己好像失去了爱的能力，对爱情不再有热情，也很容易失去耐心。而且，无论他们和谁在一起，都会情不自禁地想起对方，拿对方和眼前人比较。一比之下更是显出旧人的各种好处。

于是，他们都开始思念对方了，可是，他们都以为这只是不习惯而已。不习惯一个如影子空气般围绕在身边的人突然抽离。

可慢慢地，周洛洛发现她不是不习惯，而是真的惦记他，想念他。她在泸沽湖畔，看着那一汪被群山围抱的纯净，吃着鲜美到让人想哭的烤鱼和辣土豆，忍不住在微信朋友圈上上传照片，在配的文字那里，周洛洛的手指停留了很久，迟疑着打上：这么美的湖，这么好吃的东西，没有你来分享，有些无味耶。发出去后，她开始神经质地一遍遍刷新微信朋友圈，看是否有他的留言，这时即使程成发一个字，在她心里都有雷霆万钧之势。

可是，程成一直没有留言，他的微信朋友圈也没有任何的动静。周洛洛不禁苦笑，也许他早已开始了自己热闹的新生活，哪有空闲去关注她的现状。

第三天，周洛洛在泸沽湖边小镇的石板路上缓缓走着，旁边一个酒吧挂着"朝酒晚舞"的牌子，她抱着胳膊笑了。一扭头，竟然看到了程成。他额头上挂着细密的汗珠，说："我们重逢了。"她什么也没说，紧紧地拥抱着他。

原来，程成看到周洛洛的文字图片后，就飞速订了机票赶到这里，拿着她的照片一个一个客栈找去。他不想打她电话，费了好大周折只为制造一个"重逢"。

其实能重逢的不一定就是真爱，但是对的人从来都不会失散，爱情让人痛苦，是因为不是每个人都能遇到对的人。那个Mr.Right永远不会远离，遇到他（她），一切都会变得简单，无须刻意讨好、处心积虑、防范戒备、步步为营，只会现世安稳，岁月静好。他们终于明白，平淡才是爱情隐藏在激情后最真实的面目。

六　因为爱，才卑微

女友茜茜五官精致，身材玲珑，一身大小姐脾气。可如今竟为了这个新男友凌旭改变着装风格，潜心研究中西食谱，摇身从时尚辣妹变成一朵贤良淑惠的"解语花"，令我们这帮闺密们大跌眼镜。

凌旭随意吐出的一句："真喜欢华西路那家的酱烧鱼，像我妈做的味道。"便能使她立马由公主变屠夫，纤手捉鱼口罩护脸，忍着鱼腥气宰洗煮烧，斗志昂扬地跟虚空中婆婆的厨艺PK。手上烫出一串泡，刚想龇牙咧嘴，可一听到他惊喜的声音："比我妈做的还好吃啊。"那痛得在眼眶里直打转的泪便立马化成唇边蜜糖般的笑了。

可男友毕竟不是布娃娃，也会有脾气。每个月也会有几天心情低落，不想说话不想动，摆着一张臭脸。每当这时茜茜都会像小猫一样听话温顺，忍受着凌旭的抱怨牢骚和冷漠烦躁。有时，两个人像小孩子一样拌嘴，她总是忍不住先跳到他怀里，胳膊紧紧揽着他的脖子，噘着嘴一遍遍地问："你爱我到底有多深？有我爱你深吗？"哀哀戚戚，不厌其烦。还好，凌旭也是真心爱这个小女人，除了脾气臭些，大部分时间还是个好男人，会呵护照顾她，陪她一起犯二，一起疯疯癫癫。

但有时茜茜也会迷茫而忧伤地喃喃道："我为他改变太多了，有时我觉得，在他面前没有自己，没有自尊了。"看着她那只有恋爱女子才有的嫣红粉颊和闪烁星眸，我只想说："放心去爱吧，只有深爱，才会抛下一切，连自己都不要了还会顾及其他吗？"

孤傲才女张爱玲不是在给胡兰成的照片后写过："在你面前我变得很低很低，低到尘埃里。但我的心里是喜欢的，从尘埃里开出花来。"在喜欢的人面前，所有的清高孤傲都会瞬间化作绕指柔情，只觉得那个人像是镀了金身般，在众生中散发着夺目的光，清姿洒逸。而自己，在这光芒下仰首痴看，微如草芥。

想起民国时，那才情可与丁玲比肩的女作家白薇，爱上了现代著名诗人杨骚，她的爱如烈日火焰，不顾一切，兀自燃烧。爱情也是需要空间的，这种爱太过炽热，让人窒息，在她的情感压力下，杨骚承受不住，悄然离去。他逃到了杭州，白薇追来了；他逃回到漳州老家，白薇的信件追来了；接着，他逃到新加坡做了一名穷教员，白薇的信又尾随而至。她根本不考虑面子和他人的眼光，她只想要诉说着不绝如缕的相思，倾吐那滚烫的爱。她的行为在那个年代是多么惊世骇俗，她忍受了多少白眼侮辱都可想而知，可她毫不在意，只因为她爱他。

是啊，深爱着对方，才会放下那些恋爱里的伎俩心机。只是单纯地想爱他，想让他开心，想和他分享美好的东西，想给他最好的自己。即使有时会为难委屈甚至感到卑微，也无所谓。因为爱到浓处，整个心房都满满地盛放着那个人，而自我早被挤得杳无踪迹。

有部韩国电影，忘了名字，但有个场景却记忆犹新：女孩站在漫天纷纷扬扬的樱花雨里，发梢和裙上都落满了花瓣，她伤心地流着泪，对渐行渐远的男孩喊道："我喜欢你，这是唯一让我变得卑微的原因。"

这一生中，能让你倾尽所有去深爱的人是可遇而不可求的，遇到就狠狠爱吧，不要顾及太多，更不要为自己羞愧，你该庆幸自己还拥有爱的能力。

而这一生中，能为你抛却自我，卑微爱你的人也是可遇而不可求的，如果你不爱他，也请不要鄙视伤害他。因为只有深爱着你的人才会忘却自己啊。

七　水仙花田里的一世绝恋

　　那个春天,春深似海,风软如绸。42岁的热气球爱好者安迪·科莱特像以往一样在空中遨游,他没有想到,上帝会安排他发现一个美好而盛大的秘密。一大片橡树林手牵手紧紧挨在一起,簇拥着一个巨大的"心",这块心形的田地里种满了黄水仙,就像大地温柔而郑重地捧给蓝天的礼物。安迪·科莱特跟随着热气球,接近了花田又慢慢远去,不由得使劲揉着双眼,还以为自己出现了幻觉。

　　很快,橡树林里心形花田的图片登上了报纸头条,成为英国人茶余饭后津津乐道的话题。

　　种下这片橡树林的人叫霍维斯,是英国南部格洛斯特郡的一个农夫,他有个深爱的妻子珍妮特,她如所有的女人一样,娇俏,爱美,喜欢浪漫。他们一起经营着112英亩土地,一起迎来和送走了33年的朝晖和夕落。原以为,结婚典礼上那深情的牵手可以永远这样牵下去,那字字镌刻于心的誓言也永不会被岁月的风尘掩盖,但誓言犹在,人却不在了。

　　珍妮特患了重病,缠绵床榻几个月,终于遗憾而不舍地闭上了双眼。

霍维斯如同失去心爱玩具的小孩整日魂不守舍，本以为可以相扶相携将这美好安静的时光走下去，一直走到白发苍然，天荒地老。却没想到，上帝这么早便收回了他的幸福，留他一人在这孤独的世上。

霍维斯整日捧着妻子的照片伤神落泪，沉重的悲伤将这个原本高大俊朗的男人压驼了背，并将他的眉宇间刻上一条条皱纹，看着父亲日渐苍老并意志消沉下去，儿子忧心不已。他找了个机会对父亲说："您既然这么思念妈妈，就为她做件有意义的事吧，即使在天堂，她也会看到的。"

这句话将霍维斯一下子从痛苦的深渊拉了回来，他想，妻子生前爱浪漫，不如为她种下一颗心，而且这心要很大很大，大到让天堂里的她能够看清楚。

这个并不富有的农夫便用双手，在属于自己的土地上开垦出一大片心形的土地，在它周围种下一棵又一棵橡树，这些橡树承载着他的希望，长得郁郁葱葱，葳蕤繁茂，而那片特意留出的心形地里种上了黄水仙，这种花在英国很受欢迎，被称为"春天的使者"。一过寒冬，水仙便在春寒料峭的风中绽放出明艳的笑靥，远望如同一片暖黄色的云雾。

每到花开的时节，霍维斯便会来到这儿，坐在自己亲手制作的长凳上望着远方，那是"心尖"指向的地方——珍妮特的家乡。他出神地在黄水仙氤氲的香气里回忆着，回忆年轻时的她巧笑嫣然，袅袅婷婷地从家乡的小镇走出来，牵起他的手，一直走进婚姻的殿堂。想着想着，泪水便又模糊了视线。

他非常自然地做着这些事，17年如一日。思念已丝丝缕缕地渗入到他生活的方方面面，成为他不可或缺的一部分，如呼吸一般。

他用行动对已故的妻子说：今生如不能携手共赴暮年，那就将这橡树环抱的心呈给你看，这心永远深藏在大地的怀抱里，只有你才能目睹它的美丽，这就是我对你隐秘而深沉的爱。

他为爱妻种下一颗心，也种下了他人生中的春天。情不知所起，一往而深，爱情，永远是世间最美好的东西。

也许他知道，也许他不知，黄水仙的花语是，重温爱情。

八　想你，总在风起时

"从别后，忆相逢。几回魂梦与君同。"当婉言靠着沈墨的肩，看着天上的流云，随意吟出这句诗的时候，根本料不到一语成谶。大学毕业后的他们失散在人海里，天各一方，偶尔的相聚只能在梦中。

又过了很多年，婉言一个人去电影院看《将爱情进行到底》，看徐静蕾和李亚鹏以中年的面容去续写青春故事的尾巴。当看到"文慧"穿着艳红如帜的裙子，踩着妖娆的高跟鞋，气愤而焦急地踢着路边的自动售套机时，她的泪潸然而下。青春不能挽回，强留只会疮痍满目，美好的时光过去就是过去了。

上大学时，她也是像"文慧"那样恬美的女生，小小的脚踩着白色帆布鞋,梳着两条细细的辫子,喜欢穿格子布裙,遇到男生拿她开个玩笑,都会红着脸不知所措。

第一次见到沈墨时,婉言竟有了种似曾相识的感觉,他有一双很精神的浓眉,所以通身添了几分俊逸洒脱的侠士气质,她愣愣地看着他,想起了从小喜欢的男明星赵文瑄、何家劲、焦恩俊……他们刚好出现在她的青春萌动期,在她懵懂的心里渐渐塑造出理想男性的模样——剑眉星目。

所以,当理想爱人的样子和现实重合时,婉言青涩的心第一次有了悸动。那是人生最初的情感,像剔透的薄荷糖,清新里裹着微甜。

而沈墨,也被这个喜欢低头喜欢害羞的女孩吸引了,他们一起聊天,每天都有说不完的话,他惊讶地发现,他们喜欢看的书,喜欢听的音乐,喜欢的诗人,喜欢的很多很多都一样。他们就像两只孤独的小兽在悄悄地试探、闻嗅,确定对方是同类后,慌乱惊喜地偎在一起,这个世间,有了对方,忽然一切都变得温暖而诗意。很多年后,婉言在书上看到一句话:"那种缠绵是孩子间的依偎,圣洁如天使的羽翼。"两个同样敏感细腻、多愁善感的人在一起,漫长的青春变得不再孤独落寞了。

和她在一起,他少年的脸上少了很多忧郁,多了几许明媚的阳光,他经常被她幼稚可爱的话逗得哈哈大笑,经常拉着她的手,逛安静的书城和幽静陌生的街巷,偶尔会假装霸道地说:"以后跟我在一起,你别总打扮得那么漂亮,穿得普通点,不要制造回头率。"或者甜蜜地抱怨道:"看看为了见你,我每天都要从西校区走到东校区,磨破这多双袜子。"

和他在一起,她变得爱撒娇、爱耍性子、爱做恶作剧。寂静的自习室,她非要在他的手背上画一个猪头,还不许他擦;自己先咯咯咯地笑倒。也许潜意识里她觉得遇到了人生中那个"靖哥哥",所以用一切小女人的伎俩去索求越来越多的宠爱。而他，总是温良宽厚，包容她的一切任性。也许潜意识里，他知道未来渺茫，许不了她最想要的承诺，因为亏欠，所以加倍体贴。

最终，他们还是分开了。比婉言高两届的沈墨毕业后去了一个南方靠海的城市，他一直认为，好男儿志在四方，他这条鱼应该去大海里，而不该囿于池中。而婉言这个独生女在两年后回到家乡，在父母的安排下进了一家银行，终日与钞票为伍，忙于朋友应酬，偶尔抚过书架上的诗集，才发现已覆了一层薄尘。

又过了很多年，他们的人生都走入了稳定的格局。一个傍晚，婉言正满头大汗地拖着地板，儿子跑过来举着一张照片说："妈妈，这个人是谁？"她瞥了一眼愣在那里，半晌才慢慢地擦擦手，拿过来凝视良久。照片上的男孩和女孩咧着嘴傻笑着，因为镜头太近的缘故，两人的脸都大得有些变形，反而添了几分滑稽的喜气。

风起了，挟着几缕晚玉兰的馨香。她忽然在晚风中想起了他，想起了那个长身玉立、儒雅忧郁的少年，想起幽凉的夜色里，芬芳的花树下，紧紧牵着的潮湿的手，滚烫的吻，和灼亮的眼，想起刚分手时痛彻心扉的哭泣，字字深情的日记。

而此时的他，正摇摇晃晃地走出喧闹的酒席，走上阳台眺望着远方的灯火，点起一支烟，在沁凉的风中，狠狠地想她。

她拿出手机，轻轻地按下那串熟稔于心的号码，却最终在电话接通前把它挂断。她想，爱情在爱着的那一刹那，或许本身就是完整、完成的了。

九　漂洋过海去看你

依萱已经连续失眠几个晚上了，那张火车票静静地躺在她钱包最深处的夹层里，她不敢去碰触它，仿佛它是块滚烫的铁片，但又忍不住一天几遍地翻看它，仿佛害怕它会突然插翅飞走。这是压在她心头一个沉沉的秘密，这秘密迅速发酵、胀大，快要爆炸了，真的要去见他吗？如果见到了怎么办？真是折磨啊！她看着窗外的月光，唇边泛起一丝苦笑，如果不去，也是折磨啊，只不过是一辈子。见一面，也许一切都放下了。

她是从什么时候开始有这个念头的呢，大概是在一年前，于坚跟她联系上的时候。那时他和一群专家前往墨尔本参加学术研讨会，给她打了个长长的越洋电话。她仍然记得当时自己的心情，竟如初见般忐忑甜蜜，心为他狂跳，神情都为他变得柔软而惆怅，他低沉而富有磁力的声波穿透她的耳膜，"这些年，你过得好吗？"她用手绞着衣襟，忽然如同坠入时空的隧道，回到了多年前阳光灿烂的日子。

依萱刚工作那年，认识了于坚。在公司的年会上，他气质出众，在人群里有种出尘的清逸，她忽然就想到《诗经》里的那句："言念君子，温其如玉。"

慢慢地，她爱上了他。在喜欢的人面前，她失去了往日的自信，总觉得自己不够可爱，不够漂亮，不够有才华。依萱不敢让他看出她的心思，总是伪装成豪爽大气的女汉子，慢慢靠近他，做他的"哥们儿"，她帮他加班、帮他追女孩、帮他洗衣服买饭，好像她真的成了他最好的兄弟。她从不委屈难过，只觉得能走进他的生活，远远看着他，就是最大的幸福。可是，辗转反侧的夜里，她还是忍不住翻出手机，一遍遍地看他的微博、微信，看他又吃了什么饭、跟谁聚会、带着狗遛弯等等尘世的琐屑，只是，那里面都没有她。

后来，于坚回到南方的家乡，依萱留在北方那座风沙袭人的城市，她克制自己不再去关注他，不再联系他，可他仍然把她当朋友，仍然在网上有事没事找她聊天，嘻嘻哈哈地说些闲话。她知道他住在S市的"宜兰花苑"，过得还不错。

依萱决定，去他所在的城市，走他每天走过的路，呼吸他每天呼吸的空气，看他每天看到的风景。她决定不打扰他，只是想用这种方式再触摸一下他的微温，然后放下对他的感情。

她偷偷去买了火车票，每天偷偷看着票，觉得自己像个疯女人。随着启程日期的接近，她一天比一天焦躁，什么事也干不进去。终于这天到了，她踏上了火车，对父母谎称去外地出差。他们之间远隔万水千山，坐火车要两天，但她坚持不坐飞机，因为火车的缓慢行驶，更能带给她一种旅程的感觉，她想记住这段特别的旅程，想记住这种感觉，因为她有种直觉，一生中也许这是最后一次为爱疯狂。

这个靠海的城市很潮湿，到处都是高大的棕榈树，依萱乘出租来到

"宜兰花苑"外,这个小区不算偏僻,周围有不少商店,她住在不远处的酒店,白天就出来随意走走,或在小区旁边的咖啡馆喝一杯下午茶。

她走在S市干净的街道上,不远处吹来的海风拂起她的长发,她看着街边那些形状奇异的热带水果想:"我究竟要干什么?不是找他,只为邂逅?或者不见他,只是来看看就走?"她看着大街上那些笑语晏晏的观光游客,不禁哑然失笑。她也不懂自己究竟要干吗,手机里那个号码,她已背得滚瓜烂熟,可她还是没有勇气拨通它,也许就这样看看就好,她边走边想。

忽然,依萱愣在那儿了。远处,于坚迎面走来,旁边还有个女孩挽着他的胳膊,他手里提着满袋的菜,显然是准备回家做晚饭。她被这温馨的一幕刺伤了眼睛,赶紧闪身到路边的花圃旁,心剧烈地跳了起来。她忽然明白,自己在这附近一直漫无目的地散步,潜意识里其实还是为了见到他。

他们的说话声越来越近了,依萱闪身站到了花圃后,看着他们走过。于坚正微笑着听身旁的女友说话,多么熟悉的微笑啊,弯弯的眼睛,弯弯的唇角。他们就像众多幸福的情侣一样在这个黄昏走向自己温暖的小巢。

她茫然地往前走,找了家咖啡馆坐了下来,咖啡清苦的香气让她如鼓的心跳渐渐平息下来。她忽然明白,爱在他这里存放,所以她才会失了三魂七魄,为他迢迢千里奔赴。想起阿黛尔·雨果的话:"为了他,我甘愿付出一切,漂洋过海,万水千山来与他相会,这种事,只有我能做到!"

但是,依萱不需要和他相见,因为远远地看着他,把他当成一个最亲最熟悉的好朋友,默默祝福他幸福快乐,就已足够了。依萱想,我爱他,这是我的事,与他无关。

晚上,依萱躺在酒店的大床上,忽然感到久违的轻松,心里好像有块沉重的东西正在瓦解坍塌。夜风轻拂,窗外不知从哪飘来一段熟悉的音乐，是李宗盛的《漂洋过海来看你》，那个忧伤的女声在轻轻地吟唱："在漫天风沙里，望着你远去，我竟悲伤得不能自已……"半晌，她才发现泪淌了一脸。

第二日，在回去的列车上，依萱沉沉地睡着了。梦中，恍惚看到心脏中间站着一个满怀痴念和执着的女孩，声嘶力竭地哭喊"我不，我不……"她走过去擦干她的泪，温柔地牵着她的手，带她走。身后是大段大段岁月像车窗外的风景纷纷后退，她牵着青春年少时的她，和伤痛一一握手言和，与时光挥手告别。

十　也许我爱的只是那个自己

坚果喜欢数学系的可乐，这谁都知道。可乐是何许人也？系草级人物，甩下头发就能迷倒大堆少女，放古代肯定也是那种潘安型人才，乘车出门归来，车上准能载满妇女们抛的果子蔬菜。可坚果是谁？一个肥肥圆圆的状如坚果的女孩。可对于"土肥圆"的外表，坚果从不自卑，她常常念叨："娶妻娶德，娶妾娶色。"我们都不忍将她从幻想中妻子的宝座拽下来，只有暗自叹息。

坚果是从一首歌迷上可乐的，那年系里举办晚会，可乐深情地唱了一首周杰伦的《黑色毛衣》，坚果是杰伦的忠实粉丝，看着赏心悦目的脸蛋在台上唱着喜欢的歌，她的眼睛里像是盛了酒，醉意横溢。接着，她做了一件惊动全校的事。慵懒的午后，5号男生宿舍楼下突然平地起惊雷，一声怒喝响彻云霄。"可乐，我喜欢你！"众男大惊，继而困意全无，都趴到窗台上看，有些还兴奋地吹起了口哨。坚果激动地向男生们挥了挥手，脸上爆出的青春痘也格外红艳艳。可乐战战兢兢地爬下床，还没探头看呢，只听一个室友说："这不是经管系的那个胖妞吗？"可乐立马扭头爬上床，捧起本武侠小说看起来，窗外的口哨声一浪高过一浪，坚果喊过瘾后就蹦蹦跳跳地跑开，而可乐半晌才发现自己还盯着那一页，正讲着阿紫对姐夫乔峰如何死缠烂打。所以后来，可乐想起坚果的时候，脑子里总是出现阿紫，甚至再后来，这两个影子重叠在了一起，完美契合。而回忆里，那个春天都是青春荷尔蒙的味道。

可乐是个脸皮薄的男孩，所以他注定常常被坚果的大胆困扰。夏天的蝉鸣声中，他抱了一盆脏衣服在宿舍的水房洗，忽然，一小片光斑出现在他对面的镜子上，然后鬼魅一样一晃一晃地从他脸上慢慢下移，在他的身上扫来扫去。旁边洗脸洗衣服的男生已经有人发现了，偷看着他嗤嗤地笑。可乐大窘失色，恼怒地扔下脸盆，大步走到窗边，指着对面的宿舍楼就想骂。忽然，他愣住了，又是她！那个"土肥圆"！正拿着一只小镜子笑嘻嘻地看着他，一副流哈喇子的花痴状。可乐愤怒地啪地关上窗。

后来可乐追到了系里的高冷美女陈雪，我们一帮朋友都准备好了纸巾盒和零食去看坚果，谁料她一切如常，毫无悲伤之意，倒是把我们的好意全盘照收。然后豪迈地举起肉乎乎的拳头高呼："只要我坚果还有一口气,可乐就是我的!"很快,她的机会来了。

可乐的脚在打篮球时扭伤了,整日躺在宿舍静养。坚果得到信后立马拜宿舍里十八般厨艺样样精通的小静姑娘为师,苦学煲猪骨汤,而且还不听师父劝,往里面扔各种大补的中药。她贿赂了他宿舍的室友,一趟又一趟帮她拎上去,开始可乐拒而不收,但她毫不理睬,保温桶也不要了,买了新的继续煲。就这样煲了两个星期的汤后,那个拎汤的室友忽然说什么也不愿拎了,言辞闪烁,吞吞吐吐。

坚果瞬间启动女汉子模式,乔装打扮后混进男生宿舍楼。再后来,我们一天都没见到她,大家找了一天一夜,最终在图书馆的男厕所把烂醉如泥的坚果背了回去。她昏睡了很久,我一直抱着她,等她醒来。那个冬天奇冷无比,浓烈的酒味仿佛也熏醉了我,迷迷糊糊中,感到她的身体一直在轻轻地颤抖,我就更紧地抱着她,她醒来后第一句话是:"谢谢你,我终于不冷了。"

事后关于她夜闯男生楼有很多传言,我们总结一下,主要有三个版本:一、她闯进去,发现男生水房的下水道被堵了,一群人正在忙着疏通,她瞥一眼就傻了,因为堵塞的全是她再熟悉不过的猪骨。二、她冲进门,正看见可乐的室友们正热火朝天地分喝猪骨汤,而早已痊愈的可乐已出门去跟美女约会去了。三、她闯进门,发现美女陈雪正端然坐于床头,贤妻良母似的一勺勺喂着可乐喝汤,两个人仿佛正在练眉来眼去剑,那副甜蜜蜜的样子将坚果气得吐血,差点爬下楼去。

不管哪种版本是真,杀伤力都远超原子弹爆炸。我相信,坚果的心一定在一夜间少女转大妈,至少沧桑10岁。

毕业了,大家都作鸟兽散。听说可乐和陈雪双双去一个学校当老师,而坚果去了北京一家公司，整天忙得很，很少有机会能逮住她聊几句。偶尔跟她扯一会儿，她就又像以前一样，三句话不离可乐。有次，我烦了，就骂她："你能不能有点出息，人家都是有女朋友的人了！"半晌，她没说话，再后来我听到隐隐约约的压抑着的哭声，然后，电话就断了。世上没有未完的事，只有未死的心，真是这样的。

岁月推着我们一步步往前走，坚果越来越忙，微博发得越来越少，偶尔发个照片总能让我们惊艳不已。也许相思能够让人减肥，坚果的身材已经由一枚核桃变成碧根果，再变成现在瘦瘦长长的榧子。正看反看都是肤白窈窕的美女一枚，而她通过那特有的闯劲将事业干得风生水起，现在已是一家跨国公司的销售经理。

当听到周杰伦到郑州开演唱会的消息时，我第一时间想到的就是坚果，忘不了大学时我和她一人一个耳机，躺在被窝里听杰伦的温馨回忆，对于我们两个年纪加起来已年过半百的"80后"来说，杰伦代表的就是青春，就是那些回不去的美好。

我们跟着众多激动的粉丝大笑大叫，使劲挥舞着荧光棒跟着唱歌，只是当杰伦唱到《黑色毛衣》时，坚果忽然失控地大哭起来，还好周围的粉丝都很疯狂，没人注意到她。而我隐隐有种不好的预感，难道思念是经年的毒，到现在还没清除？

后来，演唱会结束，我们坐在凉风中，喝着啤酒。坚果说："这些年来，我一直以为我走不出这段单相思，也许一辈子都要为他单身到底。毕竟我付出太多，沉沦太深。但就在刚才，我忽然发现，我都想不起他的样子了。我只是记得曾经深深爱过，却不知什么时候已忘了那个让自己痛彻心扉的人。那些我以为念念不忘的事情，就在我念念不忘的过程里，被我遗忘了。就在刚才，我才明白，原来这些年，我爱的其实是自己，我爱那个无所畏惧、憨直天真的女孩，所以，我一直放不下他，其实是不想忘记那段赤诚深爱的青春，不想忘记那个最美好的自己。"

坚果说完，仰头灌一大口啤酒，我扭头看着她，那眼睛里虽然落了很多尘世的风霜，但仍然闪亮如昔，我揽着她的肩，恍惚回到那年冰冷的冬夜。

爱情像面镜子，能让我们从对方身上看到自己，有时，我们深爱的也许不是那个人，而是那时的自己和那段回不去的光阴。

十一　从前车马很远，一生只爱一个人

爷爷的神智是从奶奶去世后开始糊涂的，有时能认出我们，有时一脸迷茫地问自己是谁，自己在哪。每当他糊涂的时候，我们就赶紧拿来奶奶的照片，他就立马安静下来，慌忙把照片抱在怀里，一脸温柔地喃喃道："这不是秀琴吗？"然后在我们小心翼翼的启发下，慢慢想起所有的事情。可每次我都在这个时候走开，因为我觉得残忍，我不想看见他回忆起奶奶去世时那痛苦而空茫的眼神，但父亲说，不这样的话，怕哪天爷爷就彻底糊涂了。

家里的樟木箱里放着奶奶生前常穿的几身衣服，爷爷不让扔，有次我找东西，无意间从那些衣服下面翻出几封老旧破损的信，都是爷爷写给奶奶的。后来听父亲说，爷爷从十几岁时就暗恋比他大5岁的奶奶，但无奈奶奶被许配给邻村一个男人，几年后，爷爷长成一个英俊高大的男子，写得一手好毛笔字，知书达理，风度翩翩，明里暗里喜欢他的女孩很多，可他迟迟不肯结婚。后来，在爷爷28岁那年，奶奶嫁的那男人死了，爷爷欣喜若狂地求婚，却遭到太爷爷、太奶奶的极力阻挠，奶奶也不同意，怕乡亲们说闲话，毕竟爷爷是个没结过婚的"头茬子"。爷爷就开始给奶奶写信，满纸相思意，尽寄于书笺。奶奶出身于大户人家，识文断字，渐渐地便被那文字里的真情打动。最终两人抗住了重重压力走在了一起。

爷爷最终还是彻底糊涂了，他像疯子一样拿着扫帚挥舞着，让我们这些"坏人"赶紧滚，妹妹被吓得大哭，声嘶力竭地喊着："爷爷，我是您最疼的孙女啊，您忘了吗？"爷爷仍然恐惧地瞪着眼大叫："滚，快滚！"妈妈从楼上跑下来，把嵌着奶奶年轻时照片的镜框放到他面前。爷爷一把抓过高高举起准备狠狠摔在地上，我们都目瞪口呆，紧张地盯着他。

忽然，他慢慢地放下照片仔细端详着，皱纹纵横的脸上竟然浮起一抹如少年般羞涩的红晕，他一字一句很郑重地轻声问："这姑娘是谁？嫁人了吗？我想娶她。"我们都愣住了，黄昏的光线穿窗而过，为他披一身暖黄的轻纱，他静静地凝视着照片，轻轻抚摸着，眼里都是如海般的深情。

半晌，我的泪悄然滑落。

"从前的日色变得慢/车，马，邮件都慢/一生只够爱一个人"，后来，当我看到木心的这句诗时，忽然就想起了爷爷，想起那时怀着少年心事的他在暮色里挑亮油灯，慢慢研墨，凝神思考片刻后，在薄软的宣纸上轻轻落笔，等一个字干了后再落笔写另一个字，就这样慢慢地写，一直写到月上西楼，然后再辗转反侧，忧伤而幸福地睡去。

那时的人心思透明而直接，没有什么伎俩，爱便是爱了，不在乎你是否完整，不在意你有什么过去，只在乎你的那颗心。那时的时光长而寂寥，一个人可以等另一个人一辈子，静静地坐在窗前，从日出等到日落，从花开等到花谢，从青丝等到白发，从最初相见的美好等到最后的结局。可以数十年珍藏一封信，而那封信，字字郑重地落笔，满篇绕指温柔，满纸缱绻的情。那时的人，能够费尽心神、毫无保留地爱一个人，再分不出心去爱别人。

就像金岳霖对林徽因，痴守了一生，直到晚年，仍念念不忘，在林徽因的追悼会上，他一直痛哭，双手颤抖着放上花圈，上面是他为她写的挽联，也是他对她的赞美和眷恋。"一身诗意千寻瀑，万古人间四月天"。他爱她，所以能做到不打扰她的婚姻，静静守护她，甚至为她，一生未娶。

有时候，我还是怀念，那些绵长悠远，那些简单而执着的爱情，那些在岁月里永不褪色婉转隽永的情思。

十二　鳗鱼先生和沙拉小姐

"鳗鱼先生"每周五都会来这里吃碗鳗鱼饭,他非常认真地一丝不苟地吃,仿佛这就是他人生中的最后一顿饭。而"沙拉小姐"非常厌恶他这种做派,她会恶作剧似的故意把沙拉酱挤在面前的刺身拼盘上,然后恶狠狠地大咬大嚼把它们吞下肚。彼时,他们都是附近写字楼上的白领,有时低眉抬首间,就遇见了。

她每次见到他那副正襟危坐的样子,就莫名地想笑,但更想冲上去弄乱他一丝不乱的头发,拽歪他笔直的胳膊,让他姿态轻松随意地吃饭,她在心里叫他"鳗鱼先生"。

他一见到她那副吃相就皱眉头,更弄不懂她为什么要在刺身上挤上沙拉酱,这样还怎么能享受到刺身的清淡隽永之味呢?但不知道为什么,每个周五看不到她,他的心里就会有一丝失落,看到她来,便总忍不住悄悄地皱着眉头偷看她张着大嘴吃东西的样子,他在心里叫她"沙拉小姐"。

这年夏天,广州下暴雨,水把街道都淹了。他们站在楼梯口望着灰蒙蒙的天发愁,她试着跳进水里,那浑浊的水马上淹没了她白皙的小腿。

"嗨！"她一扭头，正撞上"鳗鱼先生"红扑扑的脸，他推着一辆单车，结结巴巴地说："你，你坐上来，我推着你。""沙拉小姐"毫不犹豫地说："好。"说完也红了脸。那是他们第一次说话，后来他们便恋爱了。"沙拉小姐"问"鳗鱼先生"："你见我的第一感觉是什么？"他眨眨眼说："这姑娘太暴殄天物了，我要拿下她，不让她吃刺身的时候再配沙拉。"两人都忍不住笑了起来，可她不知怎么，笑着笑着总觉得有哪里不对劲，就像喉中梗了一根细小的刺。

他做事严谨认真，什么都按计划来，她则随性洒脱，做什么都喜欢由着性子。他喜欢安静，她却喜欢热闹，他说话含蓄，她却说话直接。刚开始，性格相异的两人爱得如火如荼，她甚至为了他，吃刺身的时候真的不再挤沙拉酱了。但慢慢地，三句两句便会发生争执，他看不惯她，正如她看不惯他。吵着吵着就分手了。

过了一年，圣诞节这天，"沙拉小姐"一个人在街上逛，看见一个小女孩捧着一大堆发光的发箍站在冷风里，她动了恻隐之心，走过去买了一个猫耳形状的发箍，那猫耳映着地上的白雪，一闪一闪的，很是可爱。她想，反正自己这个单身人士没啥在乎的，戴就戴吧。

一扭头，在路旁的橱窗里看见自己一身干练的职业套装，一双妖娆的"恨天高"，配上一个呆萌的猫耳头箍实在太搞笑了，她没心没肺地看着自己哈哈大笑起来。笑着笑着，橱窗里多了一张笑脸，是"鳗鱼先生"。他说："这么热闹的节日，与其各自孤单度过，不如还在一起吧？"她强按捺住剧烈的心跳，微笑着点了点头，他不知道，分开的这一年她多么想念他。

爱火一旦重燃好像比以前还要炽热，他们形影不离，恨不得连上厕所都在一起。只不过，这一次两人之间的关系有些微妙，他们都学会了在一些小事上不计较，怕对方不高兴，小心翼翼。"沙拉小姐"不敢再随意说话了，有时他轻微地一挑眉，她都会想他是不是不喜欢自己了。其实，她早就感觉到他也有这样的患得患失，这种状况让她烦闷气恼。

他们竭尽全力地维持着这段感情，可性格的差异还是避免不了地引发争执。比如他忙碌了一天回到住处，却发现她带了一帮朋友正在搞party，他喜欢的书一本被扔在茶几下，一本被正垫在一个浓妆女人的脚下。她喜欢在揉成一团的被子里睡觉，而他总要在睡前把被子叠成一个平整方正的长方形，然后再小心地钻进去。她的随性除了在生活上，还表现在工作上，哪天脑子里有灵感，就立马半夜爬起来画图纸。而他总是苦恼万分，因为他一直认为，晚上万物休整，人体也进入休养精气神的阶段，这时候工作无异于自杀。于是，他们的争吵仍然像秋后的落叶断断续续，总也停不下来。

终于，有次在咖啡厅争执的时候，她越说越激动："我们根本不是一类人，不如分开算了。"说完两人都愣住了，安静的屋里回荡着孙燕姿的歌《同类》："爱，收了又给/我们都不太完美/梦，做了又碎/我们有几次机会，去追……"他们静默地喝完最后一滴咖啡，分手告别，然后心照不宣地再也没有联系过。

再后来，他们都各自找到了跟自己习惯爱好脾性相同的人，生活的摩擦少了很多，爱情渐渐现出它甜美的一面。

他们能够再度牵手，重修于好，都是因为深爱对方。一段感情，如果总也放不下，纠缠不已，念念不忘，必然是有爱意深重。但一段感情，总是分分合合，吵吵闹闹，也必然有它的原因。也许有一天，逝去的流年会让他们明白，因为一时的新鲜、寂寞、好奇聚在一起的缘分终究抵不过和同类在一起细水长流的相守相伴。

十三　想我时，你是什么表情

　　从没想过，有些人，一旦错过便是永远。

　　那年冬天的站台，小雪撕棉扯絮地飘落，就像我们纷乱的思绪。我排队等待进站，你跑过人群，跑到栏杆外，大声喊我的名字，一如初相识时，你也是在天桥下这样大声喊我。你的声音越过喧闹的人群，重重地在我的心里砸出回声。我回眸，朝着你矜持地笑笑，挥一挥手告别。其实那一刻，我多想跑过去，紧紧地抱住你，把头深深埋进你那蓬松的羽绒服里，再感受一次你的气息。可是，我没有。

　　从此，我们隔着山长水远，隔着沉沉岁月，谁也没有勇气走向谁，各自画地为牢。谁也没想到，此次一别，便是10年。

　　后来我常常做一个梦，梦见你坐在一列正在启动的绿皮火车上，我追着你跑啊跑，直到再也追不上你，眼睁睁看着你渐渐变成一个墨点，泅没到无垠的时空隧道里。我抱着胳膊慢慢地蹲在地上，泪流满面。也许我再也追不上你的脚步，也许有一天你会慢慢被回忆吞噬，变成我心里一个小小的模糊影子。我真的很怕那一天来到，只能在相思成海的夜晚，独坐窗前，点燃一盏灯，一遍遍擦亮关于你的一切，你的貌，你的笑，你的音。

我总在揣测你想我时的表情，其实，这时候我都在心无旁骛地想你。

想你，在很多时候。在午夜酒醒的时候，在旅行时望向天空的时候，在人群里看到某个相似身影的时候，在秋日阳光下偶尔恍惚的时候，走在夏日斑驳树荫下的时候，坐在晃晃荡荡的旧公车里的时候……这些时刻一点一点存于时间里，渐渐连成一条线，这些线又织成一张网，将我牢牢罩住，终于体会到歌里唱的那样：思念是一种会呼吸的痛。当我想你的时候，即便坐在人群中，也不妨碍我在身边自动竖起屏障，屏蔽掉一切嘈杂，过滤掉一切喧闹，只余清凉澄澈的心去安静地想你。

常常想，如果我能遇到哆啦A梦，一定会缠着它交出时光机，然后坐着去往有你的过去。我会轻轻地走过去，跟你并排躺在公园的草坪上看云，害羞地跟你打个招呼："嗨，是我。"我会去往你正在开讲座的文学社，悄悄走进去，坐在台下，微笑地看你发亮的眼睛，听你充满激情地描述张爱玲。虽然那时的青春一无所有，但只要有你在，永远是我一生中最美的时光。

你说你也想我了，那么你想我时是什么表情？是抽着烟皱着眉头？是微笑着轻轻哼着歌？还是眼神空茫，愣愣地一言不发？这些我都不知道，就像不知道今生是否还能再见到你，就像不知道等我们都发白齿落的那天是否还能忆起那些阳光灿烂的日子。

但我知道的是，这个世上我不孤单，有个人曾深深爱过我。如此，便足够了。

十四　与你并肩的木棉

陪阿姨去美容院做护理，跟老板聊了起来，她叫杏子，是个笑容灿烂、端庄成熟的女子。

杏子年轻时是个远近闻名的美人，乌黑的长发一甩，不知迷倒过多少人，当时明里暗里向她示好的男孩不计其数，可她就是不急不躁，笃定地等着命里的真命天子。在杏子26岁那年，她终于嫁了，而新郎竟然比她大了10岁，还离过婚。他是当时小城里为数不多的富豪，出手阔绰，婚礼办得极为风光。可父母送她上轿车的时候还是哭得稀里哗啦，一是舍不得，二是所有人都认为他们贪慕富贵，把女儿"卖"了。杏子笑着对父母说："你们理解我就行，我不是贪他的财，就是喜欢他这种有本事的男人。"

婚后，杏子过上了优裕的阔太太生活，男人很宠她，家里常年请着保姆，精心烹调的饭菜在灶上咕嘟着香气，漂亮的真皮沙发和红木家具永远都是纤尘不染，衣柜里穿不完的衣服永远都是整洁如新。杏子每天做的事就是看电视、打麻将、牵着狗去散步。交情好的小姐妹们每次来都是一脸羡慕忌妒，看看自己眼角的鱼尾纹，再看看杏子如小姑娘一样的皮肤，不由感叹人各有命。

可杏子的命并不是这样鲜花着锦、烈火烹油,在她儿子十几岁的时候,男人得了重病,整日缠绵于病榻,大小便失禁。她淡定地每日伺候他吃喝拉撒,把家里的钱财散尽只为救他性命。很多人都断定她不会坚持太久,虽然是四十出头的女人,但多年的保养让她看着依然妖娆靓丽,竟然已有男子托人来试探她是否改嫁,这一切躺在床上的他心知肚明,他撒泼发怒,又哭又闹,想逼她离开自己这个累赘。

没有人听过她半夜的啜泣,也没有人见过她哭肿的眼睛,她仍然是那样灿烂地笑着忙前忙后,她说:"这辈子,我只认这一个男人。"

家里的生意做不成了,又因为给男人看病,积蓄都花得精光,保姆走了,所有琐碎事情都是她一个人做。母亲来看她,忍不住哭了,她的纤纤玉指因为搓衣服生着冻疮。她擦去母亲的泪,平静地说:"他是我的男人,我就不能不管他。"以前男人财大气粗,借给别人很多外账,也没去要过,现在他病了,那些人都把脖子一缩装作不知道。她一个瘦弱女人,半夜提起一瓶酒咕咕咚咚一喝,骑着摩托挨个找他们要账,他们不开门,她就扛着铁棍使劲砸门,扯着喉咙喊门,有些人看她可怜,或多或少地还点钱。每次她骂完回家,背后都是湿淋淋的汗,谁都想不到以前养尊处优、说话柔声细语的她会有这么彪悍的一面。艰难的生活前,她挺身而出,成为家里的顶梁柱。

后来,男人的病渐渐好转,她开始学着做生意,开了这家美容院,每天亲自回家去给男人煲汤。她说:"以前他总是忙,深更半夜不回家,这下好了,天天都能陪着我,喝我熬的汤。"我看着她,忽然发现她被梳得一丝不乱的发髻里竟然掺杂着一缕白发,这白发该是多少艰难恐惧、痛苦挣扎的夜晚熬出来的啊。但再多苦难，有了他，她也甘之如饴，曾经他爱她，是她的天她的地，如今，她挺起柔弱的肩膀成了他的天，因为，她也爱他。

不禁想起舒婷那首《致橡树》："我们分担寒潮、风雷、霹雳，我们共享雾霭、流岚、虹霓。仿佛永远分离，却又终身相依。"是啊，她不做依附他生存的藤蔓，而是做他身旁坚贞而立的木棉，除了心灵的契合，无言的会意，更能并肩而立，共同分担苦难，抵御风雨侵袭。

被磨难酿过的爱情才会芬芳扑鼻，有尊严的爱情才会历久弥新。而木棉的这些心思，是那些软弱无力的藤蔓永远无法明白的。

第二篇

爱染流年，在相守里修行

你知道吗，为了与你白首不相离，我愿学尽十八般爱情的武艺。

一　别急，爱不能将就

　　亲爱的姑娘，也许你正年方二八，也许你已走过"二"字头，正在"奔三"的路上越走越远。也许现在的你不太关心这个地球上哪儿又燃起了战火，哪儿又发生了自然灾害，也不关心谁又得到了提拔，谁的薪水又暗涨。这时的你最关心的是，到哪里去找一个可以悉心收藏自己，让自己不再忧伤彷徨、孤独无依的人，共度这悲喜人生。

　　你不是没有爱过，曾经你也如同一枚在风中日渐成熟的果子，酝酿了沉甸甸的甜蜜的秘密。也曾为一个男孩夜不能寐，每天看到他就觉得万物美好，听到他跟自己说话都会兴奋得头昏脑涨。也曾和一个人深深爱过，尝过为爱疯狂的滋味，品过两情缱绻的甜美。不论你始终如一地只爱一人，还是过尽千帆，任心门打开闭合多次。你都明白，那已是过去，是如烟般消散在时空隧道里的往昔，而他们，都只是过客，不是归人。你们最终因为各种原因走不到一起。

　　你本以为，爱情不是生活的主题，你要腾空被男人占据的心房，盛放让你赖以为生的工作，还有亲情、友情等忽略已久的温情。但你想错了，你的手机经常接到姐姐的电话，询问有没有新恋情，你来到电影院，到处是卿卿我我的甜蜜情侣。你想找闺密谈心，她们却正忙着相亲、恋爱。但是你受到的最大压力还是来自于父母，他们因为你都羞于出门打拳练剑了，怕邻居们问起你的对象问题，他们百思不得其解，在他们眼中从小就乖巧优秀的你怎么会没人追。于是，各种假期成了你的受难日，你木然坐在沙发上，听着前后左右的七大姑八大婶在你耳边聒噪，聒噪着如何挑得个如意郎君，你渐渐感觉自己的灵魂快要爆炸，而身体还呆呆地待在那里，像摆在案上待价而沽的一大堆肉。

优秀的你不是没人追，公司里那个小子没事就爱在你面前献殷勤，你又不是白莲花，眼角眉梢那点情意你不会看不出来。但当他得知你是独生女，父母又没有工作时，慢慢地就收起了热情。这样的人又怎能托付？你也参加过很多场相亲，你不禁感叹，相亲最能让各种人间奇葩现形。那些或圆或方、妍媸不一的面孔不管以什么样的表情坐在你对面，所说的话题绕来绕去，无非是是否愿意生孩子、做家务、孝顺父母，等等，虽然这些要求无可厚非，但你总觉得好像少了点什么，婚姻好像一尾鱼，正躺在沙滩上苟延残喘，因为它少了一样最基本也最重要的东西——爱情，爱情是它的水，它的空气。

当一封又一封地接到亲戚朋友寄来的结婚请帖时，当看到街旁橱窗里美如梦幻的婚纱时，当一个人孤零零地度过那些情人节、圣诞节、七夕节等节日时，当生病躺在床上孑然一身时，当半夜被窗外的闪电暴雨惊醒时，当很多很多这种时候，你觉得自己没有想象中那么坚强，而是变得很弱很小，很想被人抱在怀里，呵护关心，遮挡风雨。这时候，你总想，要不就答应那个张三吧，念他一片赤诚之心不改，虽然他比你还要矮，跟你三观不合，还斤斤计较、自私小气，但至少，他是爱你的，会为你戴上梦寐已久的结婚戒指。

不，亲爱的姑娘，你要知道，这世间什么都可以将就，唯爱不可。相爱的结局都是走向婚姻，你千万不要本末倒置，先伸手夺得果子，再去催逼满树花开，你别忘了，也许你拿到的这个果子并不适合你。

结婚意味着两个人要朝夕相处，所有的生活细节都在对方眼中无限制地放大。婚姻是坚固的堡垒，让你在这世间有归属感、安全感，但它又是最易碎的玻璃，一个细节都可能毁了婚姻。如果婚前，他在你眼中就有那么多无法忍受的缺点，被你一遍遍厌弃，拿出挑剔，那么日后几十年，你又如何面对清晰展现在你眼前的这些龃龉？

别急，姑娘，爱情是这世间最美好的东西。你不该因为一时的忧伤孤寂、寂寞失意而仓促做出后半辈子最重要的决定，委屈年华，委屈自己，错过幸福的机会。要做个内心坚强清醒的女子，遵从心灵的选择，相信自己，你终会遇见那个对的人。

二 不是公主，怎会遇到王子

"我不管，反正我要你现在就过来陪我。"凌灵娇滴滴地对着电话撒娇，然后朝我们挤挤眼睛。"看吧，我敢说半小时之内，他肯定赶到。"凌灵像个高傲的公主一样昂着头说。我们都目瞪口呆，劝她："何苦折磨他呢，他的公司离这儿这么远，他还正在上班……""哎呀，你们不懂，男人就该这样子嘛。"果然，过了一会儿，她的男友气喘吁吁地赶来，满脸不悦，但还是耐着性子哄她："宝贝，以后能不能别这样啊，还好今天不忙，那天我正在见一个重要客户，你不停打电话催我，唉，差点误了事。"

我们都知趣地告辞，远远看见凌灵叉着腰颐指气使的样子，不禁感叹，这姑娘的"公主病"又犯了。凌灵只要一恋爱，立马由凡女变公主，按说，恋爱中的女人被男人宠成小公主也无可厚非，可问题是她有些过了。

每天早晨任由闹钟震破天她也不睁眼，非要让男友给她打个"道早安"的电话才肯起床。吃饭必定要挑三拣四，光有滋味不行，要雅致精巧，色香味俱全，还要有浪漫的鲜花烛光陪伴，当然她是不会照顾到男友尴尬的神色和并不充实的钱包的，她只觉得她是公主，就应该享受这样的待遇。最令男人们受不了的是她那高冷的眼神，总觉得她这公主"下嫁"给一个凡夫俗子，总是挑剔男友的外表不够帅，是个货真价实的"屌丝"。这样的打击是再柔韧绵长的爱都扛不住的，所以她身边的男友换了一个又一个，最终都以分手收场。

这天，凌灵给我们每个朋友都打了电话，兴高采烈地说她终于遇到了像王子一样完美的男人——她公司里调来的新上司。她开始施展浑身本领，每天认真打扮，希望能走进"王子"的心。公司办的舞会上，她鼓起勇气邀他共舞，当他们翩翩旋转在舞池当中时，她沉醉了，恍惚觉得自己已变成了那个驾着南瓜车前来，惊艳四座的灰姑娘，而面前的"王子"眉目间仿佛也蕴含着深情。凌灵在这样的幻想下鼓足勇气向"王子"表白了，她含蓄地示好，"王子"也含蓄地拒绝，还有意无意地拿出了一张照片，那是他的未婚妻。凌灵只看一眼，便从幻想的云端跌到现实，那个女子的美貌和气质是她再怎么"修炼"也难以达到的，再听闻这女子的学历才华，她才忽然醒悟，这才是真正能和"王子"匹配的"公主"，而自己，一直活在自我膨胀的泡影里。

她捧着镜子，看着自己那小小的眼睛和塌塌的鼻梁，明白这辈子都不可能脱胎换骨变成顶级美女，但她知道，可以通过努力，让自己的外表再美丽一点，让自己的内涵再丰富一点。不做公主，做个内外兼修的淑女，这点还是可以的。凌灵收起那些让人发胖的零食，删掉电脑里的肥皂剧，下载了郑多燕瘦身操，再也不像以前那样下了班就懒洋洋地趴在床上看电影打游戏，而是为自己制订了详细的计划，几点敷面膜，几点跳瘦身操，几点学习网络课程，每天忙碌而充实。

又过了半年，再见到凌灵时，我们都眼前一亮，她身材窈窕，皮肤白嫩，正看反看都是一个大美女，而且现在的她通过刻苦钻研业务，在公司已成为了骨干。最令人高兴的是，她已经逐渐改掉了"公主病"，收获了一段美好的爱情，两人正在筹备婚礼。新男友虽然没有显赫的家世和英俊的外貌，但对她体贴入微，关怀备至，她悄悄对我们说："这就是我的王子。"灿烂春阳下，她的笑容甜如蜜糖。

值得庆幸，她终于明白，平等对待伴侣，客观地认清自己，不再每天活在虚拟的幻想里，而是脚踏实地，通过努力让自己变得更美好，这才是最聪明的选择。

三 爱情的硬伤

静谧的周日下午，清玫一边吃着薯片一边在电脑上随意浏览网页，忽然她对丈夫赵川招手说："过来，过来，这上面有道心理测试题，你测测。"赵川漫不经心地走过来瞟了一眼，网页上赫然写着：测测你和伴侣的爱情硬伤是什么。赵川从鼻子里发出一声闷哼道："还用测吗？我觉得爱情的硬伤就是不信任。"

清玫的脸红一阵白一阵，忽然把薯片一扔，噘着嘴道："不测就不测,不就是嫌我查得严吗?"赵川气愤地说:"你看看谁的媳妇像你这样,天天查我手机,还有没有隐私了?!"清玫不甘示弱地嚷道:"不做亏心事,不怕鬼敲门。你如果没什么事,会怕我查吗?""不可理喻!"赵川气得外套也不穿了,摔门而出。清玫气得啪地合上笔记本,两行泪流了下来。

这是这个月第几次吵架,已记不清了。她只是觉得,结婚后赵川对她的耐心越来越少了,容忍度也越来越低了,动不动就冲她大呼小叫。他越是这样,她就越想查他的所有社交信息,想从中发现点端倪。不过,每次都没有发现什么。但清玫仍然不放心,只要接到赵川的电话说要加班,就必定在夜晚打赵川办公室的电话,查他的岗。这事在赵川的单位很快传开,同事们私下都议论赵川作风一定有问题,才会被媳妇这样"明察暗访",把赵川气得每天回到家就阴沉着一张脸。

才结婚两年,两人就闹到了分床而居的地步。赵川生日这晚,清玫一个人忙碌了半天,煎炸烹炒,做了一大桌菜。等了两个小时,他还没有回家。她按捺住性子不去给他打电话,墙上的钟表滴滴答答地走动着,那时间的脚步声仿佛踩在她的心上。想起刚结婚时,他们甜蜜的恋情,清玫的眼睛不禁模糊了,为什么,他们的爱情竟走到了这一步?她挣扎了半天,最终披上外套,准备出去找他。刚走到门口,便听到外面楼道上传来赵川的声音,清玫伏在门上静听,能听出另一个说话的是赵川的好朋友冯涛。冯涛说:"以后你少喝点酒,早点回家,别让嫂子担心了。"赵川醉醺醺地说:"她才不会担心我,她对我只有猜疑。"冯涛叹口气说:"夫妻间有不信任一般是缺乏沟通造成的,你们应该多谈谈,也许心结就解开了。"赵川长长地叹了口气,摇摇晃晃地往家门这边走。清玫赶紧脱下外套，坐在沙发上，装作什么也不知道。

这天晚上，他们两人的心里都有了很深的触动。赵川没想到，清玫会放下对自己的怨恨，精心做了一大桌菜为自己庆祝生日。而清玫没想到，他们两人感情冷却的原因原来是她的多疑不信任。她一直以为，他一定是不爱她了，日久生厌了，才对她逐渐冷漠的。

这天晚上，他们说了一宿的话，赵川检讨自己对妻子不够关心，有时不能控制自己情绪，言辞激烈，才会使妻子越来越没有安全感。而清玫的心被悔恨揉成了一团，她一边流泪一边检讨自己不该如此多疑，多疑到了草木皆兵的地步，多疑到不顾方式，影响到丈夫的声誉，直到把两人的感情逼上绝路。

他们两人握着手，像刚结婚时那样依偎在一起看着流淌进窗内的月光，心也变得像月光一样明澈：对伴侣无根无据的不信任就是爱情的硬伤，是打碎婚姻壁垒的武器。这种关系，一方永远在怀疑，一方永远被监控，这不是爱情，是敌我关系，是审讯官与嫌犯，是看守与囚徒。如果深爱，就要彼此信任，才能走得更从容更长远。

四　别跟着他骗自己

　　茹晗和男友已经谈了两年了，感情如胶似漆，但迟迟没有结婚。每次参加朋友们的婚礼时，我都能看到茹晗眼中的光，那是女人对婚姻发自内心的向往，虽然她总是反复强调他工作太忙了，再等等他也没关系。但那种向往和渴望还是从她的动作表情丝丝缕缕地泄露了出来。

　　有次在一个朋友的婚宴上，茹晗失态地喝高了，开始说起胡话，我赶紧扶她出来。她趴在洗手间的水池上吐了半天，仰起头竟是满脸珠泪纵横。我说："他到底是什么情况？这么长时间了，你不会一点都不知道吧？"她点点头，又摇摇头。

　　其实，茹晗早就觉察到了不对劲，每当她试探地问他结婚的事，他就顾左右而言他，有时候还旁敲侧击地说他最不喜欢那些恨嫁的女孩，自己把自己看成滞销货品。慢慢地，茹晗的心越来越凉，凭着女人的直觉，她知道，他不想跟她结婚。可是，网络上不是有句名言：不以结婚为目的的谈恋爱就是耍流氓吗？茹晗在灯火阑珊的街头徘徊了很久，最终给他发去了分手短信，她心里明白，女人的青春是宝贵的，只能给愿意和自己共度人生的男子，决不能随意浪掷了。

过了很多年，她已经找到了适合自己的男人，结了婚，生了一个可爱的宝宝，一家人其乐融融。关于他的消息，越来越少，只是听说他一直没有结婚。有朋友说他有恐婚症，身边的女子换了一个又一个，但都没有走入婚姻。还有朋友说他其实早就结婚了，妻子一直住在国外。但不管哪种消息是真，对茹晗来说都不重要了。因为这么多年，她早已放下这个人，放下这段感情了。有个作家说："婚姻是男人给女人最大的承诺。"而他迟迟不愿给她，也许是另有隐情，也许是爱得不够深吧。

其实茹晗最庆幸的就是当年，没有跟着他一起骗自己，没有自己给自己编织一个幻梦，日复一日地在其中浪费青春，沦陷在一场没有结果的爱情里。这世间最可悲的，不是别人处心积虑地骗你，而是自己蒙住自己的心。而她庆幸自己清醒果断地抽身，没有辜负那段青春韶华，才得以遇见现在的爱人。

黄昏的街头人潮汹涌，她的一只手被儿子柔嫩的小手牵着，一只手被丈夫温暖宽厚的手握着，踏实沉静地一步步走向那个温馨的小家。

五　珍爱生命，远离坏男人

这几天，小洁的心情每天都是花团锦簇的，像吹饱了气的气球，轻盈地飘着。因为有个长得酷似吴彦祖的男人正猛烈地追求她。小洁虽然从小学习成绩优异，能力出众，但却是个容貌极为普通的女孩，以前交往的对象，也都是长相普通的男子，她还从来没有和帅哥谈过恋爱。

这次，小洁很快便深陷进这段甜如蜜糖的爱情中。爱情的初始，两情缱绻，相看两不厌。小洁看着他，对他的爱意越来越深，不管是洗脸、刮胡子、还是微笑、沉思，觉得他的每个侧面都那么好看。虽然工作繁忙，但小洁总会抽时间去菜市场选购新鲜的蔬菜肉类，给他做一桌子的美味佳肴。每次和闺密去逛街，小洁也总是一个劲儿地往男装店跑，自己不舍得添置新衣，却会舍得给他买昂贵的西服。朋友们都笑话小洁的一颗芳心被男人牢牢地拴住了，都猜测过不了今年，他们就可能会举行婚礼。

虽然小洁深爱着这个男人，但他身上有些毛病是她越来越无法忍受的。他不喜欢看书学习，每天下班后就是宅在出租屋，轰轰隆隆地打电脑游戏，如果这时候小洁打扰到他，他就一脸愠色。而小洁从小就是个积极向上的女孩，她总觉得宝贵的青春浪费在虚拟的游戏世界太可惜了，应该趁着年轻，记忆力好，多上一些业余充电的培训班，多储备知识。另外，小洁靠着能力拿着不菲的薪水，经过多年拼搏已在这个城市买了一个一室一厅的小房子。而他却好像对自己的现状没什么不满，每天住在这狭窄简陋的出租屋里，空闲时间除了看电视就是玩游戏。

而小洁工作之余的时间都被安排得井井有条，健身、充电占据了她大部分的时间，而男人不愿跟她一起，他只愿宅在屋子里，于是，他们开始有了越来越多的分歧。小洁渐渐发现，男人除了有张帅气的面孔外，内心荒芜一片，学识才能不足，有时她跟他说话，会觉得索然无味。

三观不同的爱情走着走着就出现了问题，这天，男人来到小洁的房子，告诉她，他已经辞职了，因为工作太辛苦。还没等小洁张大的嘴巴合拢，他就慢慢地说："要不以后我住你这儿吧，省得来回跑了，房租也挺贵的，我以后给你做饭洗衣服，保证你工作之外不会被家务活累到。"小洁大吃一惊，忙不迭地拒绝，先不说她不愿意婚前同居，本能地，她觉得这样的关系太怪了，一个大男人每天在家为她做饭洗衣。男人一见被拒，恼羞成怒，各种尖刻难听的话滔滔不绝。小洁又惊又怒，气得半晌说不出话来，如果不是亲耳听到，她真不相信那些话是从那张巧舌如簧的嘴里吐出来的。

她跟朋友们哭诉，大家都同情她遇到了坏男人。但长长的人生路上，虽然会踩到污秽，但还是要继续走下去。她断然和这个男人分了手，后来便遇到了她现在的丈夫，他虽然没有英俊的外表，却有着不俗的谈吐，人生观、价值观也和小洁非常一致，最重要的是，他们能有很多共同语言，小洁常常折服于他广博的见识，对他的爱慕之心愈来愈深。最终，他们走到了一起，婚后的日子琴瑟和鸣，美满得让人羡慕。

说起往事，小洁淡然一笑说："命运先是给了我一枚金玉其外败絮其中的坏橘子，然后再给了我一枚外表普通但果肉饱满的好橘子，但我并不怨恨，因为正是有了坏橘子的对比，才让我更加体会到了这好橘子的甘甜，才更加珍惜当下。"

她微笑着说，遇见坏男人并不可怕，重要的是赶快远离，不要在他身上浪费青春，正是那些错的人，才能让自己看清到底需要的是什么样的男人。

六　让最好的自己遇上最合适的你

今天同事阿梅一见到我，就像个大猩猩一样捶胸顿足，原来盼了一星期，今天早晨她终于见到了她的男神。

这场姻缘要从那个阴霾天说起，那天的天空就像被泼了一大桶煤灰，整得灰头土脸，肮脏不堪。阿梅在这样的天气里，颓丧地赶往单位。一眼瞥见路边一家新开的面包店，她本来不喜欢吃面包蛋糕等甜食，但那天昏晦的天气让她忍不住想咬一口刚出炉的面包，也许蕴藏的麦香味能带给她阳光灿烂的感觉。她走进去买了个羊角面包转身欲走，一下子撞到了一个人怀里，好清淡的皂香味，阿梅抬起头，愣在了那里。男神就出现在这个时间，没有早一步也没有晚一步，他白皙的脸上因为尴尬窘迫竟然泛起了一丝可爱的微红，他微笑着连连说抱歉，在面包房温暖甜醇的麦香味中，他的笑容像阳光普照，灿烂得令她无法直视。周围的粉尘仿佛都静止在了那一瞬间，只有他的笑容深深地刻进她心里。从此念念不忘。

阿梅连续一周都去那家面包房，为了能邂逅他，她忍着厌烦吃了一周的面包，可一直都没遇见他。今天，他终于出现了，可是她却恨不得自己马上消失在空气里。原来，今天她起床晚了几分钟，只草草洗了把脸，衣服也是随便拉了件柳钉夹克衫，没型没款，像个傻小子。男神好像已经忘了她，淡然地买了东西就走。

然后就有了阿梅见到我懊悔地捶胸顿足的样子，我安慰她好男人是不看外表的，甚至安慰她：男神说不定早已名草有主，买面包给心上人的。但总觉得这样的安慰治标不治本。

张爱玲早就看得明白："女人，有美的身体，以身体悦人；有美的思想，以思想悦人。"其实，如果每天为了取悦别人而装扮自己，多累啊。虽说自古以来，女为悦己者容，但古代的女子，生活圈子狭小，一辈子都是围着男人转，人老色衰还要面临被休下岗的危险。如今的女子，完全不必如此，悦他不如先雕琢自己，让自己爱上自己，这时候你的魅力自会吸引到美好的姻缘。

如果你每天都懒得淡扫蛾眉、薄施粉黛，顶着一头土里土气的头发，不讲究衣服的颜色搭配，一走进人群马上自动被马赛克，你会爱上自己吗？如果你自己都不喜欢自己，又怎能期望会遇到男神爱上你呢？

没有丑女人，只有懒女人。这句话是真理啊。对于网络上很红的那些"不老仙妻"们，你只会艳羡她们40多岁还吹弹得破的童颜，却懒得像她们那样不怕烦琐地每天做好补水、护肤、调理一套套的美容程序，更懒得像她们那样挥汗如雨地健身去保持凹凸有致的身材。没有美丽的外表，你也懒得去看一些有内涵的书去充实心灵，让自己谈吐优雅博学，而是一有空就抱着Ipad追那些没有营养的婆媳剧、宫斗剧。这样的你就不要抱怨总是遇到一些外表平凡，魅力值一般的男人了，因为这样的你是遇不到男神的，遇到了也不会发生韩剧里灰姑娘逆袭公主的童话，你能匹配的只有遇到的这些平凡男子。

曾经在书上看过一句话：当人舒适慵懒的时候，往往在走下坡路。是啊，不进则退，我们为何不让每一天的自己都光彩夺目，神采奕奕？为何不让自己秀外慧中，让自己都爱上自己呢？即使付出努力和辛苦，也是值得的，毕竟，人生最重要的阶段里，你没有虚度，而是通过努力，让最好的自己遇上了最合适的人，收获一段最幸福的爱情。

七　恋爱诫律

阳春三月的湖畔，花柔柳媚，如碎雪般的柳絮四处飞扬，将天地妆点得如梦似幻。菁菁一边眺望着湖边的小路，一边调皮地伸手去抓那飘忽不定的柳絮。当她正抓得兴起时，忽然听到耳边一声轻笑，一扭头，一张粉脸已红成了天边的云霞。是南笙，她等了多时的人。

她偷偷地瞥了下手表，他已经迟到了10分钟了，她本想佯装生气，可不知怎么，在他面前，她就是生不起气来。南笙忍着笑说："远远望过来，我还以为哪个大儿童在扑柳絮呢，原来是你！今天堵车我迟到了，真对不起，不该让你一个女孩子等我。"

菁菁红着脸连连摆手，说："没关系，没关系。"心里却忍不住开始骂自己了，闺密送给自己的那本《恋爱诫律》上不是说了吗，女孩赴约会的时候不能提前到，否则会失了矜持。可是她就是忍不住，一想到要见到他，就在家里坐立不安，想早早地赶到这里等他。南笙看着她，不禁在心里微笑，这个女孩真特别，别的女孩约会时，都是要男友等上半天才施施然"驾到"，可她每次都比他先到，不过每当远远见到她那张微笑的娃娃脸，他都有种说不清的甜蜜。

菁菁从来没有谈过恋爱，一心扑在学业上，工作了以后，才开始接受父母的安排，参加一场场相亲会，可她始终没有遇到合适的。闺密晓灵送给她一本《恋爱诫律》说："傻乎乎的大小姐，你好好学习一下这些恋爱技巧，再谈恋爱，省得摔跟头。"菁菁用研究专业论文的精神捧着这本书日夜苦读，凭着她的好学精神，将每条诫律都背得滚瓜烂熟。可当她见到南笙后，便什么都忘了。她只是觉得，爱情可以让人满心都是甜蜜，整个人都熏熏然，陶陶然，别的什么都想不起来了。

而南笙也觉得这个眼神清澈的姑娘很有趣，她身上有种难得的气质，是他认识的很多女孩没有的，那就是真实自然，不矫揉造作。比如她欣赏自己的地方，便会毫不掩饰地说出来，也不怕他会心生骄傲。再比如她喜欢自己，也会毫不掩饰地流露出来，但这直率里又藏着几分娇羞，反而比那些惺惺作态的女孩要动人得多。

他们终于走到了一起，爱得如火如荼。有次，南笙在菁菁的书架上翻到了那本蒙尘的《恋爱诫律》，一边翻看，一边微笑。他扭头问她："为什么这些诫律你一条都没有遵守呢？"菁菁抬起头认真地想了想说："因为我爱你。"

是的，爱情是没有条条框框的，爱情是最直接热烈的感情，只有那些抛去算计、扔掉计较、放下心眼儿的爱情才最纯粹最真挚，也最容易打动对方的心。

八　亲爱的，他没那么喜欢你

子淇和她男友已经纠缠了8年了，到现在还没广发喜帖。从大学时同住一个宿舍，我就经常听到子淇的抱怨："他又是连续几天没主动跟我联系了，连个电话都不打。我只是要求他晚上给我发个短信说个晚安，他都不愿意，总是说太忙太多事。我已经第三次在他面前说我很喜欢那家店的包包了，他都不愿买给我，生日时竟然又是送我个大熊！"

这样的抱怨就像秋后的落叶一样无休无止，让全宿舍的女孩们都厌烦不已。有次，我忍不住说："他没你想的那么喜欢你吧？如果小小一点努力就能让你安心，也能平复发生的争吵，他却选择不做，那他根本就是不尊重你的感觉及需要。"她立马大怒："他是真心喜欢我的，你看我们都好了好几年了，再怎么吵架都没分手过。"我和室友们都心照不宣地叹口气，没分手不代表没裂痕没问题，如果没问题还会经常吵吗？有一方恋恋不舍，迁就对方，这恋爱就走不到分手。

子淇毕业后跟她男友去了山东，一天半夜我忽然接到她的电话，她像是喝多了，哭诉了一个小时。我怀着人道主义精神耐心听完，又是老一套。他总是说太忙了太忙了，几天都没打一个电话发一条短信，他迟迟不提结婚的事，在朋友亲戚面前介绍她也是语焉不详。子淇忍不住又跟他大吵，或许是来自女人天生的直觉，她的不安全感太强，才会一次次跟他争吵，这次他终于道出了实情，他不想跟她结婚，爱得太久，就倦了。

我忽然觉得，子淇不是在跟男友恋爱，而是在跟自己恋爱。她的爱情从一开始就是一团靠幻想和自欺捏造出的虚无。就像莫文蔚的那首歌《他不爱我》里唱的："他不爱我，牵手的时候太冷清，拥抱的时候不够靠近。他不爱我，说话的时候不认真，沉默的时候又太用心。"如果一个男人喜欢你，对你感兴趣，你搽个护肤霜他都要凑上前问问你抹的啥，你每天做什么事、跟谁交往，他都想知道，恨不得全程跟踪，因为他爱你，所以对你的一切都感兴趣。

你说他可能太忙了，这话骗骗单纯的小女生还行，请你用脚趾头想一想，他忙到没空上厕所吗？忙到没空吃饭吗？如果真这么忙，他微信圈里那些动态都是做梦时发布的？他哪怕是如厕的时候都可以给你发一条简单的："太忙，想你。"或者只是一个笑脸的符号也可以啊。

你说他是朴实的粗线条的男人，没有那么细心体贴。即使他再马大哈，你都说过三遍你喜欢那个包包，他却左耳进右耳出，非要买回个廉价的你不喜欢的玩具熊，他要是在小事上让你有所期盼，却让你希望落空，那在大事上一定也会。因为他不觉得让你失望有什么大不了的。想想吧，如果是他最疼爱的儿子，在他面前说过三遍喜欢隔壁小明家的木马，你猜他会不会立马跑玩具店买回来？

你说你生气关机了，他没有找你是因为他很笨，还是路盲，这么大的城市他找不到你，所以只好沉默了一星期。要知道，他如果很喜欢你，别说一星期，哪怕一天他都会坐立不安，怕你对他心灰意冷而另觅良人，这不是古代，是信息发达的时代，你也不是山顶洞人，他想找你，还是有办法的。

亦舒说过，一个男人不再爱他的女人，她哭闹是错，静默是错，活着呼吸是错，死了还是错。

如果一个男人深爱着他的女人，他会时时刻刻都想着她，地震了，海啸了，他想要奔向她，他得病了住院了，想要见到她，他时时刻刻都会有种再不相爱就会满腹遗憾地完蛋之感。荷尔蒙是神奇的，他会想听到你的音，哪怕是粗哑的公鸭嗓，想看到你的脸，哪怕是首如飞蓬面容憔悴。

真的爱起来，谁能拦得住呢？即便不用语言，方方面面都是可以传情达意的吧？他不传达，只是因为肚里没料。能让你纠结难过、满怀疑虑、不安全感强烈的爱情都是有隐疾的，或者是先天不良的。最危险的事，是你在这样的"放不下"中一天到晚蹉跎青春，最终以他的厌倦分手收场。

生活已经是艰难前行了，何必再找一个难搞的家伙每天玩我猜我猜我猜猜猜呢？人生苦短，你应该空出心房留给你应该得到的美好事物，留给那个真心待你的人，这才是不负此生。

九　爱要么燃烧，要么长久

偶尔回老家，总能见到邻居梅姨和李伯。梅姨身体不好，经常可以看见李伯扶着她在房子附近的小路上散步，他们的背影跟很多白发夫妻一样，相扶相携，缓慢沉着，无忧无惧地走向人生的尽头。从他们的背影根本看不出这一生他们也曾哭爹喊娘地互骂过，撕破脸皮地打斗过。

听家人说，梅姨年轻时是唱戏的，在那个年代，戏子的地位是很低的，不被人尊重。一个女子即使有如花美颜，但每天在戏台子上甩着水袖扭着腰肢让众多男人那样盯着，对老辈人来说还是讨生活的下下策。所以很多唱戏的女子都嫁了同是戏子的男人，可是梅姨却不愿，她爱上了一个她不该爱的人，还硬争着想去主宰自己的命运。

那男人长着一双桃花眼，波光闪烁，深深地望她一眼，她就木了半晌。男人长得好，就格外多情，心甘情愿追随他的姑娘不少，而梅姨也是其中一个。梅姨没爹没娘，只有个姑姑，姑姑捂着她的嘴，拿绣花针狠狠扎她的手，逼她跟那男人绝交，她只是哭，心却是百头牛也拉不回了。为了定住梅姨的心，姑姑到处请人为梅姨说媒，只要是健健康康的男人就行，条件啥都不在乎。出人意料地，李伯上门提亲了，李伯比梅姨年纪小，长得高大魁梧，家里条件还不错，都说梅姨被那男人迷住了，而李伯被梅姨迷住了。

梅姨出嫁那天被姑姑哭着硬推出了门，梅姨也一边哭一边回头看，那男人始终没有出现。梅姨心如死灰地嫁入李家，开始的时候还一片风平浪静，谁知道，平静的水面下却有暗流涌动，梅姨始终忘不了旧情，硬要跟李伯离婚，李伯不同意，两人打打骂骂，哭哭闹闹，一连折腾了几天。

后来，不知李伯使了什么计策，城西那条街上再也没见过那男人，听说他搬到了城东，再后来听说他去外地打工夫了。梅姨慢慢地从很多小媳妇嘴里知道了男人的诸多轶事，她们的闲言碎语，逐渐还原出了真实的男人不过是个惯会耍嘴皮子的浪荡哥儿。这时她已怀上了李伯的孩子，李伯对她关怀备至，连一点点凉水都不让她碰，还每晚给她洗脚。慢慢地，她对那男人的情就彻底像香灰断了线，连一丝袅袅的余香都不留。她平静地跟李伯过日子，李伯也是条汉子，对她当年的事再也没提过，一心一意待她。

他们的故事常常让我想到《红玫瑰与白玫瑰》，每个人心中都有朵理想的红玫瑰，伫立在时光深处，散发着魅惑的幽香，陷进去便是暖软甜蜜的温柔乡。抵死缠绵的感情就像火一般烧红了眼，烧荒了心。但是这样的感情就像红烧肉，日日吃会腻的，细水长流的日子还是需要像小葱豆腐这样清清爽爽的小菜，才能长久。就像我们最终还是选择了白玫瑰去过一生，因为它代表了稳妥安宁，即使我们的眉头会为这平淡不易察觉地轻轻一皱，我们也清楚，高浓度的燃烧的爱情只能像烟花般绚烂一时，可盛极易衰，在婚姻里还是浓度淡点的感情容易长久。就像加缪说的："爱情，要么燃烧，要么存在！"

十　女神的秘密

林徽因，在那个古旧泛黄的年代，可谓是国民女神了。她有着清丽的容貌，令人侧目的学识，受过中西交融的教育，在建筑学上成就斐然，有诗人为她一生牵挂，有才子为她终身未娶。这些都让现代的女人们惊叹，怎么修炼，才能变成这样的女神？

首先，女神很美，并且很会打扮，与林徽因一起长大的堂姐堂妹，几乎都能细致入微地描绘她当年的衣着打扮、举止言谈是如何令她们倾倒。另外，女神喜欢饱读诗书，文艺的、科学的、东方的、西方的、古代的、现代的、人文历史、工程技术，汇集一身，甚至在很多不相干的领域她都能达到一般专业者难以企及的高度。她写的诗歌小说，灵气横溢，优美动人；她写的建筑学论著，既是思想先行也是理论奠基。就是因为她有这份才情、这份博学，才得到众多当时中国一流知识分子的倾慕，他们都是那个年代最出色的男子，如胡适、徐志摩、沈从文、萧乾、金岳霖、李健吾、朱光潜等，他们频繁出入她家的会客厅，流连忘返。她虽然美丽，但不会把此作为资本，做个空无一物的"花瓶"，她少年时跟着父亲游历欧洲,结婚后,与丈夫携手游学,这些丰厚的人生经历注定了她的眼界早就与那些交际场中的少妇们不同,所以她的人生才会活出广度与深度。

女神除了修炼得秀外慧中,还要嫁得良人,才是人生的圆满。毕竟女神再神,也是女人,婚姻永远是女人一生中最重要的一场博弈。而聪明的林徽因,早就明白嫁一个人,就是嫁给一个家庭。一方是已有妻室的出身商人之家的风流诗人,一方是学识爱好相同,出身书香世家的邻家大哥。如果让她选一千次一万次,她这样理性的女子估计都会选择梁思成而非徐志摩。梁思成宽容大气、勤奋踏实,并且与她年貌相当,其父梁启超的声名地位、学问修养更是无可比拟。她很清楚嫁给梁家,就可以获得稳稳的幸福,学业事业上有更好的发展。虽然在诗人的滔天深情前,这显得多么现实而残忍,但人生关键时刻只有这几步,她这步棋走得很漂亮。

她选对了人,所以过上了幸福的婚姻生活。梁对她处处忍让,他不喜欢甜言蜜语哄她开心,却会实实在在为她花了一周时间精心雕刻一面仿古铜镜,镌刻着"林徽因自鉴之用民国十七年元旦思成自镌并铸喻其晶莹不珏也"的字样。她得肺病后,为了方便给她治病,他学会了输液、打针,不厌其烦地把那些器皿用蒸锅消毒,认认真真,一丝不苟。她享受了他一辈子的体贴照顾。

而女神也会用智慧去经营生活,让这柴米油盐的凡俗日子过得活色生香、有滋有味,让丈夫以她为傲。

他们在北京买了个宽敞宁静的小院,两个建筑学上的专家亲自动手将房屋改造得通透明亮。她既能照顾好满地乱跑的稚子小儿,又能关心着厨房灶上食物的咸淡,还能和客厅里坐着的一大帮诗人、作家、学者们笑语晏晏、谈古论今。每天这样过下来她也丝毫不倦,永远是那个眼中有光,对生活无比热爱的女子。

费正清晚年回忆林徽因就曾说："她是一个具有丰富的审美能力和广博智力活动兴趣的妇女，而且她交际起来又洋溢着迷人的魅力。在这个家，或者她所在的任何场合，所有在场的人总是全都围绕着她转。"

更难得的是她虽然气质美如兰，才华馥比仙，却不是养在温室里的娇花，而是一棵和丈夫并肩而立的木棉。能扛得住辛苦，经得住苦难。曾经为了应付高价的房租，她一个星期来往四次，走将近10公里的路，去云南大学教6点钟的英文补习，为了得到每月不过40元法币的报酬。

从1930年到1945年，她和丈夫共同走了中国15个省、200多个县，考察测绘了200多处古建筑物，这不是浪漫的自助游，在那个交通不畅的年代，这是一条艰辛疲惫的路。她虽然弱不禁风，但是爬梁上柱，她丝毫不怯。她能和他同享福也能共吃苦，因此，才赢得了他和世人们永远的赞誉。

其实，女神就如地脉中藏着的钻石，稀有而珍贵，因为每一颗都经历过黑暗里的绝望，外部环境的高压、高温，才会比普通石头更璀璨夺目。女神的秘密，其实没有秘密，只不过比别的女子更努力一些，活得更明白一些。

十一　左手牵不到右手

　　结婚10年，一切都由绚烂转为平淡。

　　起床，吃饭，上班，下班，吃饭，睡觉，日复一日，年复一年。楼下的樱花开了一季又一季，落花时，一地颓然的浅粉淡红，像狼藉一片的胭脂，女人对着镜子，心中透亮：这青春，是再也回不来了。

　　男人从未觉察到女人心绪的微妙波动，依旧每日起床、吃饭，送孩子，上班，下班，吃饭，睡觉，把日子过得有滋有味。遇到喜欢的红烧虾就满意地大吃大嚼，末了，不忘狠狠地吮吸几下虾壳。看球赛时手舞足蹈，双眼放光，嘴里"嗬嗬"有声。他不知道，这些早已被女人嫌恶至极。是的，女人就是讨厌他这一脸平静，一脸若无其事，或者说，是对这死水一样的生活没有任何不满。想到这些，女人就觉得心里的烦躁和忧郁像雾一样弥漫了一天一地。

　　有时过周末，男人去踢球，女人就把闺密们喊来，品着咖啡，听着音乐，这些被生活磨砺得不复光鲜的女人们都嗟叹着各自的不如意，女人斜一眼墙上挂的巨幅婚纱照，懒懒地说："才结婚10年，就没一点感觉了，拉他的手就像左手牵右手。"一个离异的女友幽幽地叹口气道："那也比没手牵好啊。"她不以为然地耸耸肩，继续往脚上涂指甲油，那艳红的蔻丹在灯光下流转着熠熠的光彩，一抹寂寞的绮色，如日日不知涂给谁看的口红。

她从没想到，女友那句话如黑色的谶语，在一个月后竟然应验了，只不过，是另外一种形式。

男人在上班途中遇到车祸，被送往急救室时，她赶到。看到他苍白的脸，乌紫的唇时，她忽然觉得一切都陌生安静起来，这是多么陌生的脸庞啊，她熟悉的脸不是这样的，她认识的他永远精力充沛，脸颊泛着健康的潮红，看上去，是那种对生活无比热爱的男子，清朗稳健，而现在怎么会这样！

恍惚中，她听到男人用微弱的声音说："我若走了，你一定要嫁人，一个人过太难……"剩下的话她听不清了，视线也模糊了，只是下意识地紧紧抓住男人的手，就在这一刹那，她忆起了男人的温暖，电光火石般地心头一亮，所有温柔的浮云旧事都涌上心头，堵得心里满满的。就是这双手会在她来例假时替她洗碗，洗衣，为她试洗脸水的温度，就是这双手在寒冷的冬季会捧着她的手一直放在嘴边呵气，就是这双手为了她，为了家，日益粗糙，但仍坚定地拉着她穿越岁月的风尘一直往前走。

她等在急救室门口，嘴唇咬得惨白，可怕的念头一个个闪现，这个家如果没了这双手，将会怎样？10年来一点一滴堆砌起来的幸福是否就会在一夜间坍塌？她忽然感觉，这双曾经被认为毫无感觉的如同己出的手，如果真的失去，竟然就像割去了自己的手，那么痛，痛彻心扉！

还好，手术做得很成功，男人的命保住了，他静静地躺在洁白的病床上，像个安睡的婴儿。她紧紧地抓着男人的手，一刻都不愿松开，她终于明白，这双手对自己来说是多么重要。而真正能为她撑起一片天空的手，就是这般的浑厚平实。

十二　会恋爱的古代才女们

某天读书，发现古代有一种特殊的文学女青年群体，她们皆有殊色，彻底粉碎了世人"才女多恐龙"的谬论，她们琴棋书画、丝竹管弦、诗词歌赋无一不通，是艺术和文学的结合体，只是她们虽然才华馥比仙，气质美如兰，却是生活在社会最底层的女人。她们常常令我感叹，这些有才有貌有情调的小资女人真乃女人中的极品。

就说董小宛吧，她聪慧异常，初学女红没多久一天就能织出6幅巾裾，且件件剪彩织字、缕金回文，她深承大多数文学青年的唯美主义倾向，做个饭也风雅之极，例如酿饴为露，不仅和以盐梅，还采摘腌渍初放的有色有香的花蕊，将花汁渗融到露中，不要说用口品尝，单那五色浮动，奇香四溢，就足以消渴解醒。她深爱的男子冒辟疆在《影梅庵忆语》里有记："历半夜，一香凝然，不焦不竭，郁勃氤氲，纯是糖结……我两人，如在蕊珠众香深处。令人与香气俱散矣。"这是她与他静坐品香时的现场直播，真令现世的我们神往不已。有月的晚上，她会披一身月华与冒辟疆对坐，恍若仙子，她最爱月，常常反复移榻只为多感受一会儿月华的清辉，口中还吟咏着李贺的诗："月漉漉，波烟玉。"最妙的是秋夜她会设小座于菊花间，菊影参横妙丽，映着淡秀如画的人面，已够让人销魂，偏偏她还回眸娇笑道："菊之意态足矣，其如人瘦何？"眼角眉梢妩媚流动的小女子情态呼之欲出，令人心动。

这种才貌俱全的文学女青年往往是孤高自许，目下无尘的，但她们清洁的灵魂却存活在污浊的环境中，所以自卑和自负交织，日夜打磨心灵，终使她们的性格渐趋狷介不群。她们随性地戏弄寻来的男人，一次次相见，一次次失望。烛影摇红，衣香鬓影间徘徊的是日渐消瘦的灵魂，"欲取鸣琴弹，恨无知音赏"，这种女子适合的是懂自己的人，若遇知音，便如春花秋云，万千娇媚妙不可言，若所遇非人，便如一截槁木般沉闷无趣。

可惜太多的男人眼中只盛满了美色，女人于他们，只是如打猎时逐于山林的那只鹿，一旦射中捉获便再无价值，这个女子日后的生动有趣在她被占有的一刹那便灰飞烟灭，因为这些对男人来说是不重要的。

隔着千年历史飞扬的尘埃，可以想象这些文学女青年的苦闷，也终于可以理解，为什么她们一旦遇到那些才子，便可以舍弃一切去追随了，这些才子毕竟是能真正欣赏她们的，跟那些涎着脸凑上来的男人不同。只是这些自私怯懦的书生们怎能配得上她们的深情呢？明亡，柳如是劝钱谦益殉国，钱不从，柳如是纵身跃入荷池中，这一跃，映照得那个良人的灵魂无比卑微暗淡。

她们的爱情是演绎给自己看的华丽独舞，是寂寞绽放在空中的烟花，美则美矣，只是太凄凉而短暂。那些男子都是过客，只有他们留下的爱情一直芬芳着寂寞的心，再多的风霜刀剑严相逼也无所谓，再多的人来了又去了也无所谓，反正我已爱过，这盈盈一握的爱情即使再脆弱，也足够温暖苍凉的下半生了。

　　更多的时候她们爱上的是自己，是那个在恋爱里巧笑嫣然、聪黠优雅的女子。她们需要有个人来见证这段丰盈的青春，需要有个清朗温良的男子来欣赏这敏捷的才思。于是，这些男子在她们美化过的爱情里变得极其重要，所以，那倾国倾城的美人陈圆圆竟会主动向冒辟疆伸出橄榄枝，而万人追捧的孤傲才女苏小小会写出"何处结同心，西陵松柏下"的痴情诗句。每每想起这些，心都会有柔柔的疼，为这些易凋的红颜，也为她们纸一般的爱情和命运。

　　历史的卷帙浩如烟海，轻轻一触，便荡起一层雾弥漫了前世的路，泛黄的纸页间关于这些特殊女子的记录往往只有只言片语，我只能借着想象在简短的文句间摸索，然后在心中铺开一张宣纸，浓勾淡抹出这些美丽才女们的样子。

十三　不要总活在别人的圈子里

老公过生日这天，铃兰彻底戒掉了微信的瘾。因为老公的一句话："我不要生日礼物，我只想让你放下手机陪着我。"

一句话让她红了眼眶，想起老公平日里经常怅然若失地问："我们才结婚两年，你怎么就对我没兴趣了？""宝贝，手机是不是比我更有趣？"听到这些嗔怪的话她向来都是一笑而过，不当回事，但她从来没有认真想过这话背后的无奈和难过。

自从用上了微信后，铃兰就每天不停地拿出手机翻看朋友圈的动态，那些天南海北的大学同学、闺密发小一下子都变得近在咫尺。哦，原来她已经生了两个孩子了，他定居在了海南，她的生活过得蛮滋润的嘛……他们又买了新车，又去哪里旅游，孩子用的啥牌子的尿不湿，她全都了如指掌，她整天这样躲在亮亮的屏幕后面窥视着他人的生活，这种感觉让她沉迷。

每天晚饭后，她就拿出一大堆的绘画本、积木、玩具丢给女儿，自己陷在沙发里拿出手机，迫不及待地查看朋友圈，只要一看到那个显示有新动态的红点，她就莫名地兴奋。她弄不清为什么这么关心别人的生活，也许是寂寞，也许是好奇，也许是关心？她这样对自己说。其实她自己很清楚，自从毕业后跟着老公来到这陌生的南方城市，她就渐渐地失去了所有以往的朋友，她和他们的联系像一条细弱的蛛丝一样慢慢断裂消散在光阴中。铃兰开始把手机当成是一根稻草，紧紧地攥住，仿佛它是一切乐趣的源头。

可是，别人多姿多彩的生活也深深地刺痛了她，曾经那个门门不及格的女同学，现在竟然嫁了个有钱的商人，她的皮肤保养得吹弹可破，比上学时还要年轻。那个长相非常普通的儿时邻居，现在定居在北京，经常发些国外豪华游、和男友的烛光晚餐等照片，这些都让她心底泛起一丝酸楚。相比而言，在这个寸土寸金的城市，她和老公还没有 栋房了，他们像蜗牛一样背着自己的行李辗转过好几处出租屋。

生完孩子后她身材变形、脸色也越来越差，偶尔鼓起勇气在朋友圈晒个照片，都会遭到集体围攻。"天哪，这是俺们的班花铃兰吗？""亲，别告诉我这位大妈就是你啊。""岁月是把杀猪刀啊，感慨。"这些调侃虽然都没恶意，但她那敏感的心还是被伤到了，她忙不迭地删掉照片，再也不敢秀了。

她开始恼恨起微信朋友圈，强迫自己不去看，但她总是忍不住，在夜深人静的时候打开那个绿色的图标，点开朋友们的动态，一条条看过去。但每次看，她都怀着痛苦的心情辗转难眠，朋友们的生活都过得那么好，那么高大上，围绕他们的仿佛都是鲜花、掌声、豪宅、美食。她气不过，就把酣睡已久的老公再扯起来，痛诉一番他不求上进、窝囊没用。老公总是气得骂她神经病，时间久了，她也觉得自己有些神经质了，却从没想过，是自己的虚荣逐渐占据了大脑，像阿拉丁神灯里那个灯神一样，慢慢膨胀成一个巨魔。

直到老公的生日这天，三十好几的他噙着泪，很委屈地说出那句话，铃兰的心才感觉到疼痛。她忽然想起前不久听母亲说，在北京的那个儿时邻居，生活并没有她在朋友圈里展示的那么美，她跟她丈夫在同一个公司，平日根本没有时间和金钱去出国旅游，在国外的照片都是他们被公司派去完成工作时，挤时间拍摄的。

铃兰忽然想清楚了一件事，每个人的生活都有或多或少的烦恼，但他们展现给别人的往往是光鲜亮丽的一面。微信圈就像是一个坑，坑的表面覆盖着一层华丽的纱，等你跳进里面，会发现它慢慢地埋葬你太多太多东西，而这些东西，才是你最该握在手中的。你应该踏踏实实地活在你生命的每一天，而不是总活在别人的圈子里。

十四　不媚男人，只悦自己

不可否认，男怕入错行，女怕嫁错郎，嫁给一个优秀的男人是大部分女人的梦想。但是，一个坐拥千亿，嫁入豪门的贵妇不一定会感到幸福，而一个实现了人生价值，乐观自信的单身大龄女可能会感到很幸福。幸福感是自己才能给予自己的。所以，与其费尽心机取悦男人，不如先想着怎么取悦自己。

一个女孩对我说:"自从他跟我说分手,我就觉得所有幸福都被他带走了,活在这世上已经没什么意思了。"我说:"不,你想想,你跟别的男子相处与跟他相处,有什么不同?"她犹豫了一下说:"跟他在一起格外快乐,心情会很好。"

对啊,亲爱的女孩,你的心不懂得太多的理论,更不知道爱情这个玄妙的玩意儿。是你的荷尔蒙在作祟,当接到心仪异性发出的"信号"后,你会有愉悦感,为了这点愉悦感,你的身体不由自主靠近他,心也情不自禁地跟随他,看吧,人类都有趋利避害的本能,你的一切感官都为了让这颗心高兴,你舍得为了别人失去自己,让这颗心永远陷入黑暗当中吗?要知道,这一生你不能为了别人而活。

我常常想到严幼韵,当年复旦大学的校花,驻菲律宾马尼拉领事馆总领事的杨光泩的妻子。日寇侵华,疮痍满目,杨总领事因拒绝为日军筹集物资,与7名外交官一起被枪杀在异乡的稻田里。已有三个孩子的严大小姐,携领事馆另几位遇害人员的遗孀、子女,在小岛上顽强生存了下来。她卷起袖子学种菜,还学会了做酱油与肥皂,学会了养鸡养鸭……她卖掉了首饰珠宝,唯一留下了钢琴。再苦再难的日子里,她都会优雅安宁地坐在钢琴前,摒去所有如烟的忧伤,任指尖流淌出行云流水般的曲子。

日本投降后,她携儿带女到了纽约,应聘联合国礼宾司招礼宾官,以流利纯正的英语、优雅大方的气质从几百人中胜出,工作到65岁退休。在她百岁生日的派对上,她身着宝蓝底、红玫瑰花的旗袍,与孙子翩翩起舞。主持人曹可凡问:"严先生,您穿着高跟鞋累吗?"她嫣然一笑:"我一辈子穿高跟鞋,习惯了。"

是的，她的优雅只给自己看，所以再狼狈不堪的岁月里，被噩运踩在脚底的岁月里，她都挺直了高贵的脊背。即使失去了男人的依靠，她也不会惊慌失措。她自给自足，自己养活自己，自己美丽给自己。清洁爱俏、讲究品位，这些都只是她为了取悦自己，让自己活得更有滋味。

这样的女子，就像一杯被岁月久酿的红酒，何时品味，都令人唇齿嚼香。而这样的心态，也值得我们用一生去学习。

十五　结婚是锦上添花，不是雪中送炭

朋友菲雪在32岁的时候结婚了，彼时她已经背负着"黄金剩斗士"的称号太久太久。婚礼上，当看到她热泪盈眶地大声说"我愿意"的时候，我们都忍不住流泪了。

可谁能想到，她激动地大声喊我愿意，却是愿意赶紧走入婚姻的围城，至于和谁共度余生，并不重要。她完全是为了结婚而结婚，被岁月这无形的压力逼得赶鸭子上架。她在遇到这个男人之前，已经相过无数的亲，谈过好几场恋爱，都是以分手收场，她累了也倦了，所以当下一个男人出现后，表示出娶她的意愿后，她就迫不及待地把这颗恨嫁的心交了出

去。男人给了她想要的，华美的婚礼，庄重的誓言，明媒正娶，红烛双全。他无疑是一个驾着五色祥云从天空飞来，拯救她于孤独中的英雄，戴着这样的有色眼镜去结婚，她自动便忽略了他和她总是相顾无言、无话可说的尴尬。

但婚后的菲雪总会觉得像在做梦，自己这已是为人妻了？身边这个还有些陌生的男人就是丈夫了？三观不同，文化悬殊，她与他常常如同鸡同鸭讲，没有感情的婚姻如同死水，微澜难起。她始终难以爱上他，他也渐渐对她失去耐心，失去兴趣。这样的婚姻充满了摩擦，他们有太多太多的不同，以致吵架成了家常便饭。终于，他们都忍受不了离了婚。

重回自由身的她再也不急着走入婚姻了，她终于学会了等待，等待和那个合适的人在合适的时间重新走入婚姻的殿堂。菲雪开始将全部精力投入到工作中去，她的努力换来了升职加薪，她跟朋友去旅游、吃美食、享受生活，为了让自己变得更好，她的业余时间都用来报各种技能班，她热爱运动，热爱烹饪。别人都以为她会因为那场失败的婚姻而灰心丧气，谁料到，她又活过来了，还活得不错。目光清明，笑容温暖，坚强而独立，刀枪不入自成乾坤。

虽然此时的她仍然单身一人，但她已经明白了一个道理，如果女人把结婚看得太重，可能会因病急乱投医而嫁错了人，如果把一切幸福的筹码都加在了结婚上，一旦男人的态度有变，女人的天就塌了。这是多么危险的事啊，要知道，结婚不是雪中送炭，而是锦上添花。她慢慢明白了，婚姻不过是她人生锦缎上的一朵花而已，而关于人生的幸福，其实有很多种方式去抵达。

十六　擦亮心，半闭眼

表姐从小就聪慧过人，如今自己办了一家公司，事业如日中天。而表姐夫也是个职场精英，虽然整日忙碌，但从不忘记关心体贴表姐。记得年少时，有次姐妹们说私房话，都逼着表姐说出美满婚姻的秘诀，她想了半天，一脸郑重地说了句："擦亮心，半闭眼。"这婚姻六字真言，蕴藏的是表姐的人生智慧。那时我还小，懵懵懂懂中，这句话在我年少的心里悄然扎了根。当我也渐渐成长为一个成熟的女子，才慢慢体会到她话中的含义。

那年，表姐留学回国后，因为温柔漂亮，才华过人，追她的男人很多，可她迟迟没有确定对象。姨妈急得直跳脚，怕她再挑挑拣拣就错过了锦绣年华。表姐并不慌张，她通过细心观察，默默总结出每个她有好感的男人身上的缺点，然后细细思量，如果把这些缺点放大10倍，以后几十年都去面对，能否忍受。最终，表姐像沙里淘金般挑出了姐夫，因为他的三观和表姐相符，为人品格端正，而那些小毛病表姐觉得都可以忍受。

是的，婚前擦亮心，看清对方身上的缺点，也许有些小毛病在甜蜜相恋的女子眼中都是无伤大雅的，就像一根轻飘飘的稻草，不占重量，不值一提。但是，此时在你眼中不重要的小事，如果以后一辈子的朝夕相处中都要让你去面对，你能忍受吗？别忘了有时累积到一定程度，一根稻草都能压死骆驼。不过擦亮心不是吹毛求疵，重要的是这个人拥有你看重的良好品质，就足够了。

婚后的表姐发现了姐夫身上还有更多的优点，比如心细、稳重等，这让她欣喜，有种捡到宝的感觉。但长期的耳鬓厮磨也让她发现了姐夫身上还有一些以前没有发现的毛病，比如睡觉喜欢横七竖八，脏衣服脏袜子总是随处乱扔，一玩起网络游戏便什么都不顾。但是表姐没有因为这些小毛病跟姐夫大吵大闹，更没有强迫他改掉，因为她知道，一个人20多年形成的习惯如果一结了婚就能改掉，那婚姻不就成了坏习惯戒除所了吗？她明白，女人结了婚就不妨做个潇洒闲人，对丈夫一些看不惯的小毛病半闭上眼睛，烦恼自然不放在心上，第二天起床，又是一轮好日头，你还是那个不怨不怒、温柔贤良的娇妻。表姐说，她的一些女友，婚前没有好好看清人，婚后又整天因为一些琐事吵得鸡飞狗跳，翻来覆去地哭诉着自己被骗了，对方劣迹斑斑，没法生活了等。实在让人可怜又可叹。

但是这半闭眼并不是一味地委曲求全，当触碰到婚姻的雷区，突破了爱情的底线，变成原则性的过错时，一定不能忍气吞声。毕竟，你的软弱，只会助长他人的气焰。

如今，岁月荏苒，越来越体会到表姐的这句婚姻秘诀真是字字珠玑，意义深远。它不仅仅是女子为了择得佳偶并相濡以沫的人生智慧，更蕴含了对爱情的珍视和包容。

第三篇

万物美好，重新邂逅自己

那些栖息在花朵深处的风，湖水上飘荡的月光，那些隐秘的美值得我们用一生去寻找。

一　含着一口春天

　　翻开书卷，古老芬芳的词句里，孔圣人的一句话映入眼帘，"暮春者，春服既成，冠者五六人，童子六七人，浴乎沂，风乎舞雩，咏而归。"口中轻诵，心生向往。春天，一年中最美丽的季节，已悄然来访。忘了是哪一天，推开窗，忽然发现空气中凛人的寒意被丝丝缕缕地抽换掉了，换成熨人心肺的轻暖。柔柔的、若有若无的暖覆在肩上，贴在唇上，抚在睫毛上，轻盈得好似振翅欲飞的蝶。

　　于是，迫不及待地翻出春衫，扯着滑柔薄软的一团粉纱，急急忙忙穿上，神采奕奕地仿佛要去赴一场盛大的欢宴。可不是吗，春天是万物庆贺新生的欢宴，一切都透着掩不住的欣喜，藏不住的精神气儿。

　　碎金般的阳光洒在整个原野，蓝得像童话般的天空留恋着几朵白云，牵牵绊绊，欲留未留。蜜蜂忙不迭地将花语从一株植物传到另一株植物，让每朵花深藏一冬的心事都在这如酒的阳光中酝酿出最甜蜜的味道。

　　这样的田野，到处都是惊喜，无数不知名的细碎如雪的小白花从青草间轻轻浮了上来，像整块柔软的地毯铺在山坡上，听人说，这花清苦，可以入药。

忽略云间那几只有趣的风筝吧，低头细寻，你会发现一种碧绿的小草，三瓣心形的叶子可爱地挤在一起，像是真诚地要把心捧给你看。摘一朵含在嘴里轻嚼，泥土的芬芳清新和着草叶的酸甜携着记忆挤满心房，这不是儿时常吃的酢浆草吗！味蕾的感受总是和回忆丝丝入扣。儿时和伙伴们寻觅酢浆草吃的情景犹在眼前，那时我的心小小的，很快乐，且容易满足。

再低头慢走，就看到一些叶子呈羽状的植物，不用闻气味，也不必辨叶形，这是最熟悉的荠荠菜——童年的一道佳肴。那时，外婆常将这揉进了春光、春风、春雨的野菜在清水中濯洗，于案板上切碎，与面粉和为一体擀成薄饼，再放到油里一煎，就成了最清香的野味，总是吃得小小的我大呼过瘾。

那时的心情，恍惚觉得春天是慈爱的，满怀满襟都藏着无限的惊喜和鲜美。

扳着指头数数春的礼物岂止这两三种，还有雪串似的甜榆钱儿、可以跟鸡蛋一起炒的嫩香椿、拿来凉拌的鲜茼蒿，等等

渐渐地，记忆之门大开，儿时在外婆家度过的乡野生活伴随着这些春天的味道在舌尖漾开，模糊了视线。一回眸，猛然发觉，城市里的我是不是已经离故乡太远？远得忘了四季，忘了春天？

吞下一口野菜饼，细细咀嚼，让所有烦扰在这春天的清甜芬芳前远遁，含着一口春天的滋味，让心灵放飞为天边那枚闲云野鹤般的风筝。

二　7月，一面湖水

当那阵从天上吹来的长风浩荡地掠过苍茫的雪山，拂过牧民粗糙的额头，撞响悠远的驼铃声声，吹醒流浪者渴盼的眼眸时，我们知道，7月不远，青海湖不远。那片等待一冬的蓝，正舒筋展骨，悠悠醒转。

唐代，有个忧郁的诗人曾写下："君不见青海头，古来白骨无人收，新鬼烦怨旧鬼哭，天阴雨湿声啾啾。"他对青海的印象固执地停留在荒冷阴森的气氛中。过了几千年，也有个忧郁的诗人，他怀揣梦想，披星赶路，那蓬乱蒙尘的额发很长，但却掩不住双眸中跳动的火焰，那梦想灼热得令人疯狂，但却照亮了前方崎岖的路。在1989年的一个春天，他用潦草的笔迹写下"面朝大海，春暖花开"，然后挂着幸福满足的微笑卧轨自杀，他留下的那些关于远方，关于草原的诗篇却被人夜夜传诵，纵情吟哦，"七月不远，性别的诞生不远，爱情不远——马鼻子下，湖泊含盐"。后来，又有许多像他一样的浪子义无反顾地踏上征程，他们知道，远方的远方，有一片神秘的土地，有一片圣洁的湖是唯一能抚慰他们心灵的良药，那是疲惫的灵魂最终要皈依的地方。

就这样，蓝色之上，时光之上，是凝聚不散的膜拜和忧伤。

青海湖，如此独特的名字，将两种不同形态的水域结合得天衣无缝。她有着青色的眼眸，是最璀璨的宝石色。有着烟波浩渺的水域，像海一样辽阔旷远。但神奇的是，她只是一个湖，一个胸怀更宽广、气魄更浑厚的湖。当你站在湖边时，水天一色，视线所及之处皆是幽蓝的水，再无别物。波浪一棱一棱地涌过来，泛起泡沫一样白色的浪花，让人惶然失措，以为空间错置，来到了海边。但凝神谛听，却没有大海发出的呓语或叫嚣，周围只有亘古洪荒的安静，这种静不是当喧嚷落定时一刹那空息空白的静，而是像回到远古，恒久不变的万籁俱寂的静。当一个人面对月时最能知道自我的清浊，当一个人面对湖时最能懂得自我的深浅。在这种巨大安静的包围下，面对这么无垠的碧波，我们都会情不自禁地屏息凝神。

青海湖脾性温良，从没有险风恶浪，因此它平静得如一面大自然的镜子，慷慨为万物留影。在夏天，经常可以在湖边邂逅一场云的舞蹈，那害羞的云朵总是迟疑地缓缓踱过来，偷眼照照"湖镜"中的倩影，然后便翩然起舞。这时的你可以噙一茎浅紫的野花，枕一缕草原的清风，喝几口阳光调成的酒，扯一派塞外的风情入梦。

望望旁边，不是只有你一个人那么悠闲，无数黛黑色的牦牛和雪白的羊，零星地散落在草原上，如遗落的花朵，且是最简单的黑白两色，衬着远处莽莽苍苍的褐色山脉，让人油然而生一种地老天荒之感。它们漫不经心地低头吃草，有的甚至像人一样侧身躺卧在柔软的草上，即使你从它们身旁大步跑过，它们都不会睁眼看你一下，悠然自得。

青海湖在这高原上静静地躺了几百万年，她微笑着看沧海枯盈，桑田变幻，却淡定自若，宠辱不惊，真希望化身成这牛羊中的一只，嚼草叶的清甜，留余香萦绕于胸怀。

有人说，在都市楼顶望云是释放落寞，在云南看云是拾取遗落的梦，在青藏高原那离天最近的地方，望云是心灵对天空的一次朝圣。抬眼望，蓝得令人心悸的天上飘着几朵云，薄薄的，低低的，在草地上投下大朵大朵形态各异的影子，是的，云的影子。

如果你不到这里来，肯定想象不到云竟会有影子！这里的海拔太高了，离天堂那么近，仿佛触手可及，你听，云外是不是缥缈有仙音？快踮脚伸手拽下一团棉花糖似的云吧，虽然不学《聊斋》上那个憨道士去种云，也应把它塞入枕套，为一宵清梦做准备啊！远处还有几朵厚厚的云，底端有些凝重的黑色，当它们飘移到一片山岭上端时，竟下起了霏霏飞雪，纷纷扬扬过后，暗色的山梁上立即飞上一片皑皑的白，你要知道，这样神奇的景色也只有在这片神奇的地方才会有，在这里，你会更深刻地体会到令人瞠目结舌的美。

站在湖边放眼远眺，会隐隐约约看到几座山。水波潋滟，一碧万顷中，这些山显得那么突兀，像是一夜过后突然冒出来的，是那么孤独和遥远，让人不由得揉眼凝眸，怀疑那是幻景，是海上光气制造的一个谎言。

它们名叫海心山，又叫龙驹岛。据史料记载：青海湖"每冬冰合后，以良马置此山，来春牧之，马皆有孕，所生之驹，号为龙种，必多骢异"。相传，汉平帝时，王莽就依此法得龙种，日行千里，人称青海骢。有许多诗人都为它写下动人的诗篇，像杜甫确认道"此马临阵久无敌"，李群玉赞美道"绝足世未知，长嘶青海风"，李商隐咏叹道"远去不逢青海马"。但是最令人心动的还是它的传说，难道真是龙种吗？

在这个科技如此进步的时代，问这样的问题好像很傻，可是热情的藏族姑娘说，她自幼在湖畔长大，早就听说过湖中有龙出没，长大后还见过两次，一次是雨后云端，隐约见到龙身，一次是见龙在湖畔饮水。她说话的时候双目如星，炯炯地直视湖面，好像沉浸在奇妙的回忆里。即使荒诞，我仍愿相信。哪怕它只是个瑰丽的幻象，也是这块土地上特有的神秘。

7月，对青海湖来说是一个流蜜的季节。湖畔的油菜花盛装上台，透迤华丽地铺展至远方。湖色千顷，水波冷冷，于是造化就将这场色彩的盛宴呈现出来，温暖人的眼睛，当那一片灿若春光的金黄迷茫了你的眼睛时，也同样会迷惑你的心。这些惊艳的黄色是天上的神女不小心抖落了梳妆用的金粉？抑或是谁故意用风做笔，以阳光做颜料，浓浓地蘸上一笔，涂抹开去？庄周说天地有大美而不言，四时有明法而不说，万物有成理而不露。我面对这样的美景只觉得心都忘了跳动，才明白这就是"摄人心魄"，真是此中有真意，欲辩已忘言。空气中是浓得化不开的花香。如果没有风，就能感觉到香气凝固了的状态，也许是这高原的阳光太热烈，才能把一切香味蒸发得淋漓。我还是贪婪，一直后悔应穿一件宽大的衣服，好兜满怀的馨香和绝色回去。

我走在花旁的109国道上，就像在一条香气的河流中溯流而上，漫长的国道只有我一人，伶伶地走在大路中间，低吟着海子的诗："只有五月生命的鸟群早已飞去/只有饮我宝石的头一只鸟早已飞去/只剩下青海湖这宝石的尸体。"暮色苍茫的水面，忽然想起齐豫的那首《一面湖水》。空灵的声音回荡在心头，"有人说高原上的湖水是淌在地球表面的一颗眼泪……"如果这样说，青海湖就是淌在海拔3200百米高山的一滴眼泪，掬一捧入口，苦涩的咸味久久不散，缠绵于唇齿间。暮色苍茫，云低低地压下来，徘徊在头顶，一个人走在大路上，从背后看去，这帧图片是很有味道的，不必取名，相信每个浪迹天涯的行旅人都会明白。

《天龙八部》里，乔峰曾对阿朱说过，以后等我把仇报了就退出江湖，我们一起去塞外放羊，过自由的生活。真的，如果能和所爱的人在此终老，未尝不是件美事，因为这些令人见之忘俗的风景是会在记忆里烙上印记的，会令你永远心心念念地牵挂。

三　指尖蔻丹自妖娆

　　夏天清馨蓬勃的气息氤氲了天地间，小院清寂无人，一树梧桐在月光里筛下疏疏的暗影，虫鸣的声音一粒粒落在耳朵里，心情沉淀得清透明澈，不知谁家院里的一缕花香被风送来，缱绻着夏夜的味道。

　　奶奶取来一个小巧的白瓷小碗，加了些明矾，将摘下的指甲花放进去，用蒜臼子里的槌子把花朵捣碎，然后将这饱含着汁液的花泥都堆在我的指甲上，包指甲的是心形的豆角叶，两张叠放，包好后用棉线缠好，我就不能乱动指头了。这时弟弟会故意来捣乱，揪我的头发，拽我的衣服，而我只能忍着不还手，因为一动怕豆角叶套就歪了。奶奶赶走了弟弟，让我去睡觉，一觉醒来，第一件事就是忙不迭地取掉叶套，只见10个指甲都变得鲜红润泽，又像红玛瑙一样通透明净，配上白净纤细的指头漂亮极了。弟弟跑过来抓着我的手看了看，一脸妒忌地说："臭美。"我则喜滋滋地飞跑去好友家，去比比谁的指甲染得好。

这都是儿时的记忆了，岁月里指甲花的清香随风消逝，小院依旧，而奶奶已老得种不成花了。可每到这个浓翠深碧、绿荫满地的季节我就会不自觉地在城市里寻找一种叫指甲花的植物。

后来在书页间重又邂逅了指甲花，知道它原来还有很多名字，由于它在枝丫间开花，头、翅、尾、足都翘然，形如飞凤，所以叫凤仙花，民间有俗语"七月凤仙七月凉，织女鹊桥会牛郎"。它又叫透骨草、洒金花、芨芨草、海纳花、假桃花、小桃红，有趣的是还叫急性子，还曾因避南宋光宗李皇后的名讳，被宫人称呼为"好女儿花"。但因它生命力顽强，随处易得，古人便把它看得卑贱，把它喻为"菊婢"。李渔就在《闲情偶寄》里这样写道："凤仙极贱之花，止宜点缀篱落，若云备染指甲之用，则大谬矣。"

花草无语，可人心有向，相比那些高贵难养的花，指甲花更以它的亲切实用赢得闺中女子们的喜爱。《红楼梦》第五十一回，太医来给晴雯看病。晴雯从幔帐中伸出手，手上两枚指甲还有金凤仙花染过的红痕。《广群芳谱》中说："女子采红花，同白矾捣烂，先以蒜擦指甲，以花傅上，叶包裹，次日红鲜可爱，数月不退。"可见这抹芬芳从古代就一直萦绕在女子们的指尖。元代杨维桢在《凤仙花》一诗中有句"弹筝乱落桃花瓣"，想象在行云流水般的古筝曲里那女子染着艳红蔻丹的纤纤玉指上下翻飞，如桃花瓣纷纷扬扬，单是想象，就令人心醉神驰。容貌再平凡的女子染过指甲花好像都有了妖娆妩媚的味道。

指甲花不仅可以染指甲，还能治灰指甲、甲沟炎，有活血化瘀、利尿解毒、通经透骨之功效。夏季多虫蛇，若有人被毒虫咬伤，取些指甲花的鲜草捣烂外敷便可痊愈。在印度、中东等地它被称为海娜，据史料记载，埃及艳后就是利用海娜粉来染头发的。著名的印度身体彩绘，也是用它来染色的。现在的它已摇身成为美发店的新宠，用指甲花粉染出的头发色泽均匀，持久不褪，而且是纯植物不伤发。看似平凡卑微的指甲花却全身是宝，甘愿被榨成汁、碾成粉，默默地成为人们指尖、发间流转的鲜艳色泽。

它就这样自由自在地生长在清风朗月下，不择贫富，随处安家，肆意盛开了整个夏天，再悄悄地结果，它的果实很有趣，如小毛桃般一个个倒挂着，你若轻触，便会突然爆裂开，花籽射向四方能飞出很远，所以它的英文名是"Touch me not"，可我为它觉得委屈，这么娇美无私的花不该有如此倔强的凶巴巴的名字，我更觉得，那籽荚的爆炸像是它可爱的一点小机心，像娇羞的女孩突然做个恶作剧吓你一跳，而你不舍得埋怨她，只会无奈地莞尔，而这宽容的一笑里，聪慧可爱的指甲花也已完成了它播种的神圣历程了。

美甲店里那些巧手的女孩们，可以在指甲上绘出各种艳丽的花卉、斑斓的色彩，可不知为什么，我还是想念那个清寂的小院和十指鲜红的蔻丹，指甲花带着它清新质朴的乡野之气在梦里和我重逢。于是决定了，选个不忙的日子，回到老家，看看奶奶，为奶奶染一次指甲花的嫣红。

四　盛夏，会荷

盛夏，高温让心绪也纷乱如麻。友人说，去看荷吧，于是推去手边一切杂务，把心放空，去迎接一场荷的盛宴。

此番目的地是河南周口的一个小城——淮阳，古称宛丘、陈国，这个豫中古城，几千年来一直静静地躺在一片汪洋碧波中，涵聚天地灵气，而这片横卧了几千年的碧波则以荷花著称。这样江南才有的水秀之地在整个河南都属罕见。

我们像是去见暗恋已久的心上人，怀着一点忐忑和几分欣喜一路向南。来到小城，虽未见湖，却已觉湖风拂面，这风里携了几缕荷香、几丝水气还有几粒鸟鸣，让人仿佛在酷暑天里饮了几杯冰水，顿时肺腑俱清。

湖很大，碧波浩渺，一眼望不到边，像一个安静的海横在视野里。它有1.6万亩，是中国内陆最大的环城湖，想起《诗经·陈风》里的诗句："彼泽之陂，有蒲与荷。彼泽之陂，有蒲与蕳。彼泽之陂，有蒲菡萏。"淮阳，古称陈国，这首诗也许描绘的就是这个湖了。那时的湖，在月光下依然是此日模样吧，清波潋滟，荷香十里。千年的水泽边，我不禁沉醉在诗经一叹三回的诗境和这满湖山光水色里。

荡舟游湖，荷叶绵延了一湖的绿云，像一个个曳着裙摆的少女凌波玉立。有风吹过，荷叶都摆向一边，像少女们侧着腰肢，不胜凉风的娇羞。白荷清雅，如在夜晚吸饱了夜露和月色的精灵，轻盈绽放，惊艳了无数游客。红荷娇美，临水照影，如羞红了脸的美丽女子，粉颊上绯红的胭脂格外动人。千年的湖水，商周时期遗留下的荷种，穿越古今的灵气汇聚，造就了这方绝世美景，我们的眼睛也变得贪婪，恨不得将这风景深深镌刻在眼底，永不忘记。自然的造化前，人类的文字语言都变得苍白，即使太白再世也难用佳句描绘出这人间盛景。

此刻，有关荷的诗句在脑中纷至沓来，周邦彦"水面清圆，一一风荷举"，孟浩然"荷风送香气，竹露滴清响"，还有乐府民歌"江南可采莲，莲叶何田田"……忽然想起姜夔《念奴娇》一词的序："余与二三友日荡舟其间，薄荷花而饮，意象幽闲，不类人境。荷叶出地寻丈，因列坐其下，上不见日，清风徐来，绿云自动。"想象陶然迷醉的姜夔坐于荷叶之下，把酒临风，难怪写出了"嫣然摇动，冷香飞上诗句"这样的咏荷名句。是的，荷生于水，品质高洁，它的香也应是冷香。我们将小船靠近，也想揽一怀冷香回去，这样的夜晚，也会香梦沉酣啊。

湖中还长有很多蒲苇，划舟穿行在蒲苇之间狭窄的水道上，别有一番探桃源的野趣。我伸出手，和那些清风朗日下自由生长的植物们握手，风送来它们的私语，我由衷地羡慕它们，无忧无虑地活在这水色荷香的世界。几只水鸟被小船惊起，扑棱棱飞向远方，想起李清照当年也是觅得这番清幽的野趣，才写下了"误入藕花深处，争渡、争渡，惊起一滩鸥鹭"的吧。

有长袖高髻的古装女子在莲荷深处弹奏古筝，清音婉转，落在耳里，荷色鲜妍，落在目中。一时，心神俱静，尘世里的那些烦扰仿佛都变轻，轻得化作一缕烟尘散去。

　　船行不远，看到两个渔妇，一人坐了一只破船，隔得远远地大声说话，看到我们过来，便都吆喝着："新鲜莲蓬喽。"我们买了几把，盈盈的绿堆满了船上的小桌，剥开一尝，嫩莲子的清甜沁人心脾。回头看，那两个渔妇仍然剥着莲子一边吃一边隔水谈笑。朋友说，这里的人近水而居，朴实，心清透。我不由点头，每天生活在这般美景里的人，心应是富足的、敞亮的、宁静的，定不会生出腌臜的心眼儿。

　　临别时，湖光水色在目送着我们离去，亭亭的荷花在视野里后退，好山好水好风土养就了这一方绝世佳景，孕育了这个明珠一般秀美的小城——淮阳。我闭上眼，那些荷的姿态依然在脑中娉娉婷婷，那些香气依然在回忆里萦绕不散。

　　听说千年之前的古莲子，在合适的温度下仍然能萌芽开花，荷是多么奇特的植物，生于污浊淤泥，在黑暗里积聚能量，如箭般冲破暗夜，濯水而立，骄傲地绽放出最夺目的光彩。从淮阳回家的路上，我一直在想荷、念荷、品荷。也许，我们也该保留一颗如荷一般的初心。初心不改，即使岁月荏苒、世事变幻，又有何惧？

五　抱得秋情不忍眠

秋隐在西风中，随着第一片叶落嫣然微笑着转身，翩翩而现。天地间浸染的秋色是她的水袖，轻舒而至，施施然登台。

这样的季节适合远游，干粮、衣帽不必齐备，只需带上一卷古诗，便足以领略秋的妙处。

沿着诗经的河流漫溯而上，河水汤汤，流淌的都是花朵，随意捞起一枚，便是刻骨的芬芳。秋日凄凄、百卉俱腓，随意含起一句诗句，继续寻找那个在水一方的素衣女子。烟水茫茫，女子飘然的乌发好像永远都近在咫尺，却又遥不可及，芦苇们或端坐或横卧，遥望着一场流传千年的相思，遥望着一个素白的梦渐渐消失在晨曦微露的蒹葭深处。水鸟的翅尖掠过秋水，牵起一溪清愁。无人知，那萦绕不散的一声叹息是因为，千山秋色，单单少了个可以共赏的知己。

抬头看那一汪如洗的碧空，不禁想化为一只雁，嘶鸣于这长天碧水间，为相思扰心的人递送锦书，最终落在那片心仪已久的芦苇荡中，安然地覆羽而眠。一直以为，秋的嫁衣只有丰艳的朱红，富丽的金黄，后来才知道，她还有条叫作芦苇的洁白腰带。秋风乍紧，枫叶如落红零落委地，浩浩荡荡的芦苇如波涛般汹涌于苍茫的天地间，吐送的苇絮是漫天漫地的雪，那样细碎轻柔的白，最适宜放在梦里枕着入睡。

　　古人云，春山宜游，夏山宜看，而秋山宜登。打足精神，登上峰顶，仰首远眺，远处浓墨重彩的山峦里仿佛隐藏着神话，它们带着悠远神秘的气息化身为薄烟轻云缭绕在岭上峰巅。层峦叠翠间不时闪现出一片片鲜红，如美人脸颊的胭脂，"停车坐爱枫林晚"，在这萧索枯寂的季节竟会有这样绝美的叶子来替代鲜艳的花朵，造物主真是仁慈。记得北宋著名的画家郭熙写的《山水训》中说："真山之烟岚，四时不同。春山淡冶而如笑，夏山苍翠而欲滴，秋山明净而如妆……"走在这样的秋山里，目遇苍松翠柏而成色，耳听淙淙水流而为声，任山风为你披一身轻松，任鸟鸣为你落一身喜悦，衣袂迎风，恍惚间自己也站成了一株秋天的树，怡然自得。

　　满眼红衰翠减之时，不禁开始惦记起故乡的野菊花，是否依然灼灼燃烧了漫山遍野，映亮人的眸子。情思萦绕间，秋风一扫，天地豁然清朗起来，清澈的更加清澈，亮丽的更加亮丽，所有晦暗、污浊、阴郁都好像被秋风抹去，也许这就是秋带给人的独特感受——纯澈如水晶。

　　喜欢这含义绵长的秋，看哪，天好像一下子退了开去，关山万重，好似离我们更远。那么高远的落落碧空，那么遥远而无处搁置的思绪。西风渐紧，空气渐渐清冷起来，令人不由得抱紧了肩头，握紧了衣领，蹙眉望那细弱的一线秋水，寂寥而枯涩的天地间，茕茕孑立的身影好像一下子更为孤单和渺小，于是，苦旅的游子、闺中的思妇便怕了这个季节，怕了在这个季节容易生发的愁，几千年前的一位古人嚼笔望月，苦思良久，为这种愁做了精密的分析，哦，愁是"离人心上秋"。

对我们凡人来说，也许在这样的秋日里最适合做的事是找一个临水的地方结庐而居，坐对一泓清冷的秋水，没有朋友月夜来访时，就取酒邀满山葱茏的林木对酌。且将这秋情放逐，只留一腔清淡的欢喜和着醇美的酒一饮而尽，醺醺然间美酒穿肠入肚，便成了王侯将相都无法体会的满足。更多时候静坐于水边，垂钓江心，万物沉寂中，静观清透深澈的水中，自己的前世和今生。

最得秋味的莫过于秋夜。一灯如豆的夜，四野的秋声如书上的文字，渐渐弥散开来，使小屋轻轻浮起在一片诗意的水波上。听，窗外不知何时落了雨，分不清这雨声合了心跳的节拍还是心随着雨水宛转一地。明晨卷帘，又不知能见到多少翠碧可爱的竹叶挂着颗雨珠，似坠未坠。屋内床底有几只避雨的秋虫，低低地叫着，这声声鸣叫使小屋幻化出山野间的幽静，令人不禁希冀，会有林间泉下的鬼魅来秉烛论诗。这断续的几声虫鸣，也更助秋情了。

手上是欧阳公的《秋声赋》，字字读来，更觉寒气逼人，干脆坐起，倦拥残书听雨眠。不禁想到，这样孤灯照壁的雨夜不知湿了多少人的心事，藏了多少人的泪，这样缠绵的秋雨不知使多少文人临窗而思，成就了多少首锦绣诗章。是啊，这样的秋夜从古代便传承下一脉清馨的墨香，太多的文人为它赋予了文化意义。在这里，自然与人文相遇，共同缔造了一个引人诗兴勃发的主题——秋情。想起《红楼梦》里的那个秋雨夜，林妹妹的那首绝世之作《秋窗风雨夕》，一句"抱得秋情不忍眠"真是将对秋的喜爱抒发得淋漓尽致。

经过了撩人的春，热烈的夏，心底深藏的那些往事或许更该在这个安静的季节翻出来，在暖暖的秋日下晒晒，细数一遍曾经的欢喜再悉心收好，或许接下去就能微笑着面对寒冷孤寂的冬了。而那些在生活中转瞬即逝的玄思妙想，或许也该在这个深沉的季节罗列出来，细细品味蕴含在其中的哲理，或许这思想也会像谷物一样成熟为大智慧了。

有时痴想，如果生命摒弃了绚丽，如这秋般纯朴清净。摒弃了浮华，如这秋般成熟厚重。充满着大气象，那该多好。

秋，这样的季节，多么令人低回。

六　秋天拜访白桦林

秋天的第一缕风吹起时，白桦林就开始窃窃私语了。

他很高兴炎热的夏天终于过去，而清爽明丽的秋天到来了，于是树叶都哗啦哗啦地响起来，我喜欢这个时候去探访白桦林，喜欢走在萧萧而下的落叶雨中。

林中的小鸟越来越少了，白桦林很安静。阳光透过疏疏落落的枝丫洒在林子里，明亮得灼人眼目，我不得不用手遮着眼去看那高远的天，好蓝好蓝的天，蓝得像片海，美丽而虚幻。我常常想，如果鸟儿能带我去天上就好了，让我乘着云朵去流浪，去看看白桦林有多大，那片诗意延伸得有多远。可是鸟儿是不会带我走的，它只会在每年春天回来，叽叽喳喳地给同伴们讲述上一年的旅途见闻。

我听见风跑过田野的声音了，秋天的风总是喜欢吹口哨，呜呜地学牧羊的孩子，我喜欢听到这种声音，因为它会带来野雏菊和三叶草的消息。这时的风在我眼里是有颜色的，看哪，那暖暖的灿金色渗着清甜的气息，只是这清甜里含着一丝苦涩，我知道，野菊花要枯萎了，它们就要收起那总是向着太阳灿烂微笑的小脸了，不过不用担心，它们藏在那阴冷黑暗的地下，是为了积蓄力量，在明年春天再次绽放更美丽的笑脸呢。

我面向无边的原野深深吸了口气，风中有轻轻的呓语。看啊，每棵树上都有眼睛，这么多的眼睛望着我，我仿佛看到它们在微笑，暖暖地微笑。

我在树林里跳起笨拙的舞步，那么多眼睛注视着我，为我喝彩。也许，从这一刻起，我就不再是现实中那个平凡的女孩了吧，也成了一个众人瞩目的明星，旋转着生命最华美的舞姿。

林子的尽头依然是林子，如果一径探入树林的深处，会不会邂逅一座童话中的小木屋？脚下的落叶发出簌簌的声音，这从天上铺下来的地毯松软极了，一脚踩上去就像踩到一个梦，我抚摸着那些树干，抚摸着岁月刻下的沧桑，这些光影的痕迹见证了小树苗长成大树的历程，也见证了岁月留给我的喜怒哀乐。

树林里每棵树的表情都是不一样的，有的树欢喜，有的树悲伤。我看到一棵树在微笑，它告诉我，很多年前当它年纪还小的时候，一对年轻恋人来到这里，在它身上刻了一颗心，那时他们挽着手亲密地约定永远好下去，几年后他们抱着一个小孩来到这里，微笑着将这颗心指给他们的孩子看。而这颗心越长越大，虽然是甜蜜的见证，但树说，好疼啊。

我默默地走开了，每棵树都有它们的故事，再找个听听吧，有棵树说它亲眼看到一只野兔的出生，才生下来时就一点点，慢慢地越长越大，现在已经是四只小兔的妈妈了，也开始教自己的孩子们奔跑跳跃了。看着别人的成长也是件开心的事啊，这棵树快乐地晃动起树枝。还有一棵树告诉我说上年春天，这里来了一群野游的年轻人，他们抽过的烟头没完全摁灭就扔到草丛里，还好守林员及时发现，否则我们可都……树现在说起来仍然一脸害怕。

白桦林里的故事真多，我听也听不完，我想找到一个树洞，对着它把心事说出来。对了，风的耳朵很长，我一定要把声音压低一些再低一些，保存着我的秘密的这棵树，明年春天会不会长出不一样的叶子呢，每片叶子上会不会都挂着我的心事，在阳光下闪闪发亮？

这么美丽松软的落叶地毯，就让我躺下休息会儿吧。这个秋天的下午，我做了个梦，梦见了一只小熊微笑着从树林深处向我走来，怀里抱着一束绚烂的野雏菊。秋天的白桦林，真美。

七　晚来天欲雪

　　这个群鸦栖息的傍晚，我和几千年前的那位诗人一样，静静坐于窗前，温上一壶酒，耐心等待一场雪的到来。

　　门外是苍山横卧，柴门半掩。近了，近了，我闻到了雪清冽的气息，凝神谛听，便能听到它乘着呼啸的北风，旋转着优雅的舞姿，翩然而来。

　　这是个山枯水瘦，灰败落寞的季节。万物沉寂，蓄养精气，在各自的巢穴中静静回忆这一年的光阴流转。我忽然想念起春天，那色彩斑斓的春天，明丽动人的春天，那些数不清的花朵如浪花随意翻腾，涌入眼帘，那么热闹喧嚣，那么浓艳到极致。雪知道我的心，所以它带着无数精致的六角形的白色花朵来赴我失落的梦，来填补我空虚的眼。

　　天空愈加浓重，像能拧出墨汁，我点亮一盏油灯，也点亮夜的眼。天寒路远，我怕雪会迷失方向。我烤着暖融融的火炉，和院中的几杆瘦竹、几枝疏梅一起等雪来。

　　如果不能安眠于春天的百花深处，那么请把我葬在万千朵剔透的雪花下，让如棉花似云朵般轻柔的雪花将我一层一层覆盖。还我一双婴儿般纯净清澈的眼，还这世界一天一地的洁白。

　　所有的夜晚都需要故事，所有的冬季都需要一场雪，所有孤寂的心都需要一个人来陪伴。等待让人清醒，我渐渐地才明白，我不是在等雪，而是在等你，亲爱的朋友。等你掬一捧夜的凉气翩然而至，等你披一身风霜匆匆赶来，等你举起酒杯饮尽我的情谊，等你和我对酌这个寒夜。

　　月夜可闻笛，雪夜可听箫，那些美好的情致只属于一些特定的良辰。而一个人品味太过寂寥，多希望你能伴于身边。晚来天欲雪，能饮一杯无？几千年前的傍晚，那个诗人和我一样，闲闲地翻着书，咀嚼着惆怅在等待。

　　自在飞雪轻似梦，我听见了它叩响我的窗棂声声，我听到了，你和雪都已来了，来赴这个冬夜的盛宴。

八　德令哈，诗意的栖息地

　　德令哈，一座北方的小城，这么多年了，对它的向往一直萦绕在我心头。我已来过千遍，只是这一千遍都在梦中。坐在车上，窗外是茫茫的戈壁，我收回兴奋的思绪，听司机的介绍："德令哈是海西蒙古族藏族自治州首府所在地，青藏铁路、青新公路横穿全境，可东进省会西宁，西上新疆，北连河西走廊，南下西藏，交通很便利……"

终于到了，站在宽阔的大路上，忽然有一瞬间的手足无措，是"近乡情更怯"吗？可它并不是我的故乡。许是因为那千遍的想象，它已经比故乡更亲切了。虽然是秋天，但仍能看出城市绿化很好，人们不急不慢地走着，车不急不慢地开着，这个高原小城到处都透着它的慵懒闲适。

10点，我辗转难眠，这正是都市夜生活开始的时刻，而夜晚的德令哈，微冷宁静，满天星斗纵横，街道空寂无人，偶尔有几片枯叶追逐着跑过，更添凄凉。星星清且亮，每一颗都低低地俯下身来，那么近又那么远，璀璨逼人。我第一次感到了自己的富足，因为，我拥有这满怀的星光。因为今夜，我拥有德令哈。风低吟着夜的诗句，星光幻化成雾弥散在空中。忽然想起那个人在十几年前写下的那首诗："姐姐，今夜我在德令哈……"这是一份忧伤而温暖的思念，这份思念，不只是对"姐姐"的呼唤，更是对所有给予我们爱和抚慰的母性的呼唤，是我们在忧伤时对所有温暖的呼唤。德令哈，我来到这北方的北方，也许就是因为这儿曾定格过一份忧伤而温暖的思念。

第二天，慕名去看城区西南的克鲁克湖和托素湖。这两个湖都位于怀头他拉草原上，克鲁克湖是个淡水湖，秋天的湖面平静如处子，映着远处连绵的山峰，在耀眼的阳光下，水天争色，在云彩与碧波间折射出变幻绮丽的光影。湖边杂草丛生，长满了芦苇，风过处，芦苇跟随着湖水的细瓣一波一波漾向远方，无际的苍茫。湖面上间或有洁白的水鸟轻盈地一掠而过，听说这里之前还是天鹅的故乡，我凝眸芦苇深处，总觉得会划出一位婷婷的采莲少女。

克鲁克，蒙语意思为水草茂美的地方，它也的确像江南的那些湖泊，秀美而丰富。我租了一叶小舟，在湖面上御风而行，湖色澄碧，映亮了双眸，烟水茫茫，我随着性子向湖的最深处漫溯。纷至沓来的词句在脑中堆积，苏轼在左抚膺长叹："纵一苇之所如，凌万顷之茫然。"陶潜在右慨然吟道："舟遥遥以轻飏，风飘飘而吹衣。"李白在后击节歌曰："人生在世不称意，明朝散发弄扁舟。"我迷了心智，好似已变为一个宽袍大袖的古人，正准备浮舟放海而去。

但有谁会想到，这样一个秀美的湖竟与外星人有联系！1998年，青海省作协副主席白渔先生在对克鲁克湖的考察中发现了外星人遗址，又在德令哈紫金山天文台观察站上空发现了几百个星系，于是他断定，克鲁克湖由于海拔高，透明度好，易于接受毫米波而成为外星人在太空中设的坐标。后来这些被写入《走近柴达木》这本书中。如今，当我翻开这本书时，心中出现一个奇怪的念头，多希望克鲁克湖这颗草原上的明珠永远纯净脱俗，不为人知，让她那条绵长的芦苇披肩永远隔断尘响，浩瀚的千顷碧波永远不惹尘埃，让她永远都是一个幽居深谷中、遗世而独立的佳人，为天上的某颗大星指引方向……

绕到另一边，就是托素湖了，蒙语的意思为"酥油"。它是个内陆咸水湖，湖中生物很少，湖岸开阔，无遮无拦。因为是晴天，望去水天一色，烟波浩渺，蔚为壮观，心胸也开阔了许多。听说天气变幻时，湖水浪涛汹涌，拍岸有声，动人心魄，湖畔是茫茫的戈壁滩，粗犷荒凉得令人绝望。大漠孤烟近，一骑绝尘远。

两湖之间相连，所以当地人又称它们为"连湖"或"情人湖"，我更喜欢后者这个多情的名字，因为克鲁克湖在我的记忆中已被定格为一个秀媚娇柔的少女，而托素湖则是一个英俊伟岸的小伙子，看着两个湖相依相偎，不由得感叹造化的神奇。后来查了资料，才知道民间传说中，这两个湖是一对情侣化成的。

城北有座柏树山，长满了天然森林。虽已入秋，但满山的林木仍旧郁郁葱葱，本以为青海的山都是不长草，满山石头随风走，但自然却在这里开了个玩笑，我忘了言语，停下思想，贪婪地呼吸林间清风，饱餐满山翠色，这种惊艳不亚于陈家洛涉过荒漠，在天山顶见到临水而舞的香香公主。我走在遮天绿意中，走在浓碧湿翠中，万物岑寂，偶尔传来几声鸟鸣，远如天外之音，一切都仿佛存在了千万年。在这旭日东升的原始幽静中，我踏着满地腐叶和断枝残柯，一径探入森林的秘密，那漂转着枯叶的溪水源头，应该居住着餐风饮露、冰肌玉骨的仙人吧。转过溪头，却听到响亮的水声，忽现一座瀑布，飞珠溅玉，在崖壁上绚烂成一匹夺目的白练，我垂手静立，完全忘了这是哪里。深山、古木、瀑流，这样禅意的组合竟是在海拔3000多米的荒凉之上，我再次在自然的鬼斧神工面前感到惊叹。披一身山岚的奇遇回来，我只余满脸痴醉的神情。

次日，天空深蓝如海，德令哈，这座只有一条街的小小城市，以一种悠然的神情目送我远去。我将目光停留在远处山峰一片洁白的积雪上，又想起了那首名为《日记》的诗和那个单纯脆弱的诗人——海子，我无法确定自己是否看到了他所看到的，但我确信，我看到的德令哈，是诗意栖息的地方。

九　山水有清音

　　春末夏初的季节，空气里飘荡着植物蓬勃的气息，选个阳光明媚的日子，邀友人一起来到河南尧山脚下的想马河。

　　人刚入山，便被迎面而来的清气扑了满怀。这种清是遥看近却无的萋萋芳草的清，是澄澈晶莹的清泉碧流的清，是不染纤尘高山冰雪的清，是冰寒雪夜万千梅朵的清，这是一种无法言说的清气，冰凌凌凉津津地直抵心房，呼吸吐纳间好像洗净了五脏六腑，整个人清心明目。友人不禁低呼："好清新的空气！"真想借来铁扇公主的芭蕉扇，将这满山清风挥送，一扫天地浊气。

　　植被丰富、林木繁茂，才造就了这座天然氧吧——想马河，这里覆盖着大片森林，所以泉水甘甜可口，润人心肺。听同行的村民贾伯说这里出过好几位百岁老人，而且村民们从未得过癌症。是啊，一方水土养一方人，每日呼吸着纯净空气，饮用着清甜泉水，吃着营养丰富的山珍野菜，怎能不健康长寿呢？这里原来是上苍赐给人们的养生福地啊。

　　想马河名字的由来有个神奇的传说：西汉末年王莽篡位，将刘姓子孙追杀殆尽，唯有刘秀侥幸逃脱，部队逃至此山峭壁下时，他昂首一望，只见悬崖高不可攀，若绕道返回，就要与追兵相遇，只好弃马徒步攀藤而上。待部队越过险途，他想到战马还在崖下，必定落入追兵手里。谁知此马知人性，躲过追兵绕了数十里，赶上部队，于是此处留名"想马河"。

这里满山都是传说，像珍珠般散落在密林水畔。贾伯说，曾有山民在山下的黑龙潭看到有黝黑脑袋的怪物探出水面，还有人在山涧里见过头上长角的小蛇。一时竟觉，看山不是山，见水不是水，山水都因传说而有了灵魂。

绕过一片山崖，森森石壁前有棵繁茂高大的古树，树根裸露在石头上，长长地伸向一旁。贾伯说这树叫江子树，当年刘秀逃到此处，只见白水茫茫，一条大河横亘眼前，他着急之下便说："望树根再长长些，助我渡河。"话音刚落，树根便向一侧伸展生长。

翻过一道坡，眼前出现一棵树，万条碧玉枝轻盈飘拂。贾伯说这个地方叫百草垛，这棵树还有个故事。传说刘秀的马行至这里，啃食树上枝条，一村民抱怨马快要将枝叶啃光，刘秀哈哈一笑说："吃一枝赔你百枝，何如？"金口玉言，话一出口便成真，此树瞬间抽枝吐叶长出无数枝条，后来历尽沧桑但仍枝繁叶茂。

一步一景，一景一传说，想来，整片山林水泽都是为了成就一个帝王的横空出世。因为他是皇胄，所以他的足迹让山有了姓名，让水有了灵性，让想马河有了一种别样的贵气，也让游人油然而生一种肃然的敬畏。灵山秀水，行走其中，别有一番滋味萦绕胸怀。

想马河是未开发成熟的景区，所以有时我们沿着山民们踩出的小径攀山而上，有时踩着河中的石头过河，恍惚回到布衣芒鞋的古代，别有一番野趣。那些没有路的地方往往是人迹罕至的幽谷深涧，清泉淙淙漫过山石，云朵在水中飘荡，长风拂林木，万壑响清声。浓翠深碧的林木在初夏的微风中轻轻摇晃，触目皆是绿色，浓浓的绿色像要一直蔓延，蔓延到梦里。陡峭的山峰后闪过一片耀眼的嫣红，原来是整面崖壁上开满了红艳艳的杜鹃花。满目苍翠做了衬景，簇拥着大片鲜艳的红，娇美不可方物。真是应了王安石的话："世之奇伟瑰怪，常在于险远。"

开发成熟的景区有缆车、索道等各种设施，使人免受攀登之苦。很多人喜欢去这些景区，而有些人更喜欢去未开发成熟的景区，感受那天然去雕饰的原生态之美。即使腰酸腿疼，也甘之若饴。

人生不也如此吗，付出了不少汗水艰辛，走过了不少崎岖弯路，却未必是坏事，也许你会见识到别样的风景，有更丰厚而惊艳的人生馈赠。

静静地坐对青山，贪婪地饮尽满山清风鸟啼和水声，心灵在这自然的清音中也越来越通透明澈。

十　高原上的江南

有一个地方,她叫贵德。这里交错延伸着历史上的丝绸之路、唐番古道,她是当年中原与西域政治、经济、文化的纽带。她的怀抱里静静横卧着全国罕见、富丽堂皇的古建筑群。这一切都昭示着这颗明珠的不俗与深沉。更令人称奇的是,她是黄河母亲造出的一个世外桃源——高原上的江南。

一

在贵德,黄河收敛了性情,摇身变为一位端庄清丽的淑女,带着我们的惊奇优雅地流向远方。她的绿是如玉的,纤尘不染,澄碧动人,但又不是凝固死板的,而是瞬息万变,揉进了春的华光,夏的云影,秋的落叶,冬的雪舞。"跳进黄河也洗不清"这句古话在这里显得很可笑,因为这黄河水太清澈了,哪怕搅起千层浪,也碧绿如昔。面对这样的清纯,钱其琛总理曾题词赞誉"天下黄河贵德清"。

二

丹霞，这么美艳的一个名词，竟然在地理学上占有很重要的位置。它是指红色砂岩经长期风化剥离和流水侵蚀，形成孤立的山峰和陡峭的奇岩怪石，大多出现在南方。贵德这片绵延20多公里的丹霞地貌叫作阿什贡山，更为奇异的是，若在傍晚，夕阳燃烧的余烬携带一片晚霞飞落到山顶，为这个本就羞红了脸的新娘披上一层光芒万丈的红盖头。远远望去，雪山顶上有藏民神圣的敖包，各种颜色的哈达在山顶飘扬，丹霞山映衬着庄严屹立的丹霞林，像熊熊的烈火义无反顾地一路烧下去，直烧到天边，好像要与那晚霞融为一体。壮丽与秀媚结合得浑然天成，令人叹为观止。

三

贵德县玉皇阁是贵德县现存明清古建筑群最具代表性的建筑。这处古建筑群位于贵德县河阴镇，史料记载，明万历十七年（1589年），为教化民风，保佑"时岁享昌"，乃"恭择城中场地，创修玉皇圣阁"。它端庄凝重地矗立在蓝天下，看着云卷云舒世事变迁。清同治六年（1867年），回民起义，乱世战火中，它也未能幸免，被毁于一旦，所幸光绪年间又依原样重建。沧桑历尽，更显风骨，它整体建筑采用中国传统的中轴线左右对称的模式，单体建筑以甘肃、青海两地做法为主，富丽堂皇，布局国内罕见，极具历史文物价值和建筑艺术价值。

整座古建筑群都是精雕细刻，奇姿绝俗。不曾想，这样的富丽堂皇竟是被青瓦灰墙烟雨笼罩，这样的轻灵出逸竟是被小桥流水古道渲染。它给这座高原上的"小江南"添了几分厚重的文化底蕴。

四

郁达夫先生曾在《杭州》这篇散文中向世人建议去"孤山月下看梅花",在杭州大明堂外有一片梅林,俗称"香雪海",多么清丽动人的名字啊,读读就能令人齿颊生香。在贵德,也有这样的一片香雪海,不同的是,不是梅花,而是梨花。

梨花的花瓣轻薄纤巧,风一吹便簌簌落在怀中,令人怜惜不已,所以历代关于梨花的诗句总是透着一缕淡淡的忧郁:"秋千巷陌,人静皎月初斜,浸梨花","风里一池杨柳,月边满树梨花","雨打梨花深闭门"已成为宋词里一个唯美而忧伤的意境,令无数人为之倾倒。但细巧纤弱的事物汇聚在一起也能升华为大美,这么多细碎的小白花无边无际地铺展开去,形成一片壮观的花海,在阳光下笼罩着白玉般晶莹灿烂的光晕,令人目眩神迷。这四月的雪不会融化,只会静静地吐露芳华,让你贪婪地呼吸,心甘情愿地遭遇这场色与香的浩劫。穿行其中,分花拂叶,顷刻工夫,便会惹来一衣幽香,一领花瓣。

心悠然,小楼夜眠听雨落。未曾知,明朝梨花满贵德。

五

旅行者的乐趣是很容易发现的,多得如放翁的入蜀道,刘阮的上天台,只看你是否有心。在贵德,不泡温泉,实乃憾事。和煦的春风吹绿了山峦,黑黝的泥土湿润芬芳,贵德呈给世人的是幸福温泉,藏族群众称其为"德仁吉曲库",意为平安、幸福的热水泉。相传,后羿为民除害射落了9个太阳,可它们并不甘心,就钻到地下去,分散在古老的九州大地,在土里发挥它们的威力。跑到雍州地界的那个便落在贵德温泉地底下，所以地下水经常沸滚，涌出地面，便形成温泉。水是人类最初的生存状态，泡在贵德的温泉里，如同浸润在母亲的羊水中，回到最初混沌温暖的感觉。空气中，袅袅水雾与清甜果香沁人心脾，贵德是拥有太阳的幸福江南。

徐徐展开碧水长天的画卷，细数与世隔绝的纯净，让我们放下尘事，静静看春色无边落贵德。

十一　雪域神山

祁——连，轻轻读出这两个字，却觉得有千斤重，那是一种历史与文化的厚重感，沉沉地令人只可仰视。这座上古神山，孤傲地耸立在人们的视野之外，高倨于众生的信仰之上，沉静地观察民族的迁徙，和一座雄关共同把守着中国五千年的文明。

"祁连山"之名源自匈奴，在古匈奴语中，"祁连"是"天"的意思，祁连山因此而得名"天山"。李白面对如此峻伟的群山，也不由感叹，"明月出天山，苍茫云海间。长风几万里，吹度玉门关"。它雄伟险峻，堪比天高。遥想当年，霍去病领万骑，出陇西，过居延，至祁连，大败匈奴，是何等豪迈的英雄气概。

生活在祁连山雪域的华锐藏民，是一个天生会唱歌的民族，他们这样深情地唱着祁连山的诞生："有一天，天空有了日月星辰，大地上又是一片大海；没有人和鬼怪及生灵，只有大海的涛声和走动的云彩。有一天，一个从十三天下来的巨神用那大斧将海堤劈断；海水汹涌流向南方，从此，有了高山和平滩……"在他们心中，祁连山是一座神山，是一位巨神创造的，而他们是太阳转了1000万个圈后，神猴和罗刹女生下的后人。这样的一个神话故事，遐思灵动，诗意飞扬。

遥望祁连，云雾弥漫，雾是神山的吐纳之气，在峰岭间来去，得沧海之势，远处浑茫一片。祁连主峰天梯山及其左右的几个山峰缥缈在云端，忽隐忽现，让人恍惚身处仙境，见过祁连的人，都只能瞠目仰望，做些遐想，万万没想要去攀登。因为弥漫在山周围的冷峻和神圣，令人敬畏退缩。

近看祁连，山脚下，溪水蜿蜒，牛羊悠闲。高山上，雪峰皑皑，雪莲争艳。明代陈棐有诗曰："马上望祁连，奇峰高插天。西走接嘉峪，凝素无青烟。对峰拱合黎，遥海瞰居延。四时积雪明，六月飞雪寒……"匈奴语"祁连"和汉语"昆仑"语意相同，"祁连"应是"昆仑"的匈奴语转音或意译，祁连山即古昆仑山。

神话中天帝在下界的都城，西王母的玉山，穆天子会西王母的山，白娘子盗仙草的山皆指此山。《山海经》中云："海内昆仑之虚，在西北，帝之下都。昆仑之虚，方八百里，高万仞。上有木禾，长五寻，大五围。而有九井，以玉为槛。面有九门，门有开明兽守之，百神之所在。"祖先因为将这山当作了自己生命的血肉，才能以全部的激情和浪漫的想象赋予山水以灵性，以魂魄，以完整的生命，祁连山才会闪耀夺目的光辉，才会孕育了中华民族的精神与气血。

洪亮吉说："峰形积古谁得窥，上有鸿蒙万年雪。"祁连山脉有冰川3300多条，贮藏着几亿立方米雪水，那由万古积雪形成的壮丽冰川或覆盖于山顶，或紧贴于山坡，或盘旋于深谷。它们是自然之神赐予祁连山的哈达，盘错逶迤，千姿百态地披挂在雪山上，在阳光的照耀下发出彩钻般的光芒，尤其是临风削割的一面，明亮如镜，使整座山熠熠生辉，放射出万丈光芒，令人目眩神迷，这就是祁连山的独特美景——雪域神光。有灵异之气的地方，大多有神话来相配，这样奇异的风景就有很多瑰丽的传说做陪衬。

山下有很多河流，它们的母亲是山顶的万年冰雪。最大最长的应数黑河，即弱水。传说后羿登昆仑山寻西王母求不死药时就须先渡过此河，而古书中描写的弱水是一条怪河，连一片羽毛都浮不起来。

传说表现的是古代劳动人民奇特的想象，现实中的弱水只是一条普通的河流，带着神秘的传说，沉默地流向远方，它蜿蜒数千里，执着地流入内蒙古的额济纳旗湖，就是苏武牧羊的居延海，想用行动来与自己的名字相抗争，洗净耻辱。河畔有成片的柳树、杨树，丛丛的刺槐，看起来苍劲而扭曲，乱枝相搏，有很重的古野气。

走在这苍灰静寂的森林里，冰寒之气沁入骨髓，口不能言，唯有沉默。凝神谛听，仿佛还有精灵在窃窃私语。时空倒退，一切退还给原始，人也好像变为一只小虫，静伏在草叶上等待沧海桑田的变幻。早期，该有多少山林水泽的仙子在此嬉戏？且将想象放飞。

胡天八月即飞雪，西风从祁连山那边的青藏高原吹过来，像一群苍狼在无边无际的旷野中嘶鸣，长嗥，奔跑。那些芨芨草、羊羔花或低着头紧贴着地面，或骄傲地在劲风中摇曳。风吹得萧瑟，将漫天盛放的云朵化作翻跹奔涌的雪浪。山鹰一只，疾扫风云，忽地飞到山那边。牧马的孩子仰躺在草坡上，嘴里含着一片叶子呜呜地吹，音调悠扬婉转，被风撕扯拉长后，缠绕在河谷营帐间。

他的马立在不远处，垂着头，悠然啃草。风吹草低，现出浮云般的羊群和棕黑相间的牦牛，远处，绵延几十里的金色油画是一片花田，万花颔首，花浪翻腾，令人心醉。这秀美的景色与苍崖古树的祁连山和无边无际的荒原戈壁形成鲜明的对比。粗犷之处，是纵情挥毫，毫不做作的写意，灵秀之地是自然纯粹，野趣天成的和谐。难怪匈奴人曾哀叹："失我祁连山，使我六畜不蕃息；失我焉支山，使我嫁妇无颜色！"

祁连山，他高，不如珠穆朗玛；他大，不如巍巍昆仑；他长，不如安第斯山；他的名气，不如阿尔卑斯；他圣洁，不如阿尼玛卿。但是就是这座山，让人生出敬畏之心，并深刻地体悟到了"高山仰止"。

周国平说过："人怕出名，风景也是，人一出名，就不再属于自己，风景一出名，就沦入凡尘。"祁连山，他就应这样孤寂地矗立百年、千年、万年，因为，他本就是一座不属于尘世的天域神山。

十二　阳朔，掉进明信片中

远方，总是诗意的。远方，总是神秘的。陌生的远方，总会轻轻撩拨着心弦。

记得有一年，有首歌很火，满大街都在唱着："我想去桂林呀，我想去桂林，可是有时间的时候我却没有钱。我想去桂林呀，我想去桂林，可是有了钱的时候我却没时间。"那时我还青春年少，顶着满脸青春痘埋头于书山题海中，没有钱也没有时间去桂林。如今，年岁渐长，慢慢体会到了歌词中的无奈。但是我想，只要心在远方，脚在身上，梦想终会实现。这次，我不想再跟那片青山碧水错过了，我怕有时候，错过一瞬便是半生的等待。

正值旅游旺季，我跟友人来到阳朔。阳朔，位于广西壮族自治区东北部，属桂林市管辖，县城距桂林市区65公里，独特秀美的山水风光得到了"阳朔山水甲桂林"的美誉（出自近代爱国人士吴迈诗《桂林山水》）。

这个小城很干净，像群山衔着的一块玲珑碧玉。我们先来到著名的西街，找个客栈住下。西街的两旁都是各类工艺品店、酒吧、饭馆、客栈，这些小店的装修都很有特色，名字别出心裁，使整条街显得很文艺范儿。我们信步走进一家甜品店，店主是个穿着淡青纱裙的姑娘，正低头绣着一幅十字绣。眉目间，别有一种婉约的风致。通过攀谈才知道，她是土生土长的阳朔人，我们不禁感叹，也只有这样的青山碧水才能养育出这般清秀的人儿来。吃着甜糯的点心，闻着风中一脉清淡的桂花香，还未举酒对饮，我俩却都有了几份微醺。

姑娘推荐我们去看离这不远的徐悲鸿故居，是免门票的。闲闲地走着，抬首已到门楣，这是个安静的院落。白墙上的碧瓦覆了一层岁月的烟尘，沉淀着的往事如一支邈远的笛曲。院中有棵白玉兰树，有些年月了，枝干斑驳，刻着光阴的痕迹。一树玉兰擎着碗盏般的白朵，像是盛着一碗碗莹洁的月光。风过处，飞白如雪。我不禁痴想，当年这样远离喧嚣的小院里，徐悲鸿一手拈着画笔，一手为蒋碧微轻轻摘去发间的玉兰花瓣，凝神为她画像，满眼都是温柔和深情。当年岁月香染衣，也许这庭中的玉兰见证过国画大师的爱情。

从故居的旧时光里走出，我们来到了魂牵梦绕的漓江畔。中国的山水风景，我们往往是在见到真容前，就已在诗词里、电视里见过，如今的相见，不是初识而是重逢。当以前掩卷回味"江作青罗带，山如碧玉簪"时，一直在想这会是怎样的美丽，当读到"曲终人不见，江上数峰青"时，常常想象那是怎样缥缈孤绝的意境。如今，诗词与山水丝丝入扣，想象与现实首尾呼应，我不禁感动于这天地间的大美。

山像米芾随意闲淡一笔涂抹开去，便透迤出一派绝世的风情。青郁郁的群山环抱着碧湛湛的绿水一弯，最远的翠微淡成一袅青烟，忽焉似有，再顾若无。我们乘一只竹筏浮游而上，水波清莹，如在巨大的碧玉中任意漂荡。淡蓝晴天上的云朵，就在手边的水里游，轻轻一捞，便成了零琼碎玉。山光水色，好似都在镜中。两岸都是郁郁苍苍的凤尾竹，枝叶肆意伸展，翠色横溢。远远望去，如碧色烟雨，随山风任意飘散。

我和友人斜卧在竹筏上，随着竹筏一荡一荡，悠悠得像要荡到这片秀美的青碧中去。不多时，天空忽然阴晦起来，丝丝缕缕地飘起了细雨。船夫说："莫惊奇，这里的天气就这样，忽雨忽晴。你们真是幸运，可以看到烟雨漓江。"我们远眺群山，才发现"墨分五色"在这里显现得淋漓尽致。刚才还明澈动人的山水现在变成了一幅长长的水墨画卷，墨绿、淡青、湖绿、浅灰……各种色彩被大自然调配得当，安置得宜，各得其所，组合在一起，比晴天时更多了一番出尘脱俗的风致。山峦间渐渐起了烟气，如云雾缭绕不散，此情此景真可谓是世外仙境。

不远处，一个渔翁撑着一个小小的筏子，肩头站着一只鹭鸶，戴着一只斗笠，披着蓑衣，在烟雨中静坐，悠然凝视着远方的景致。我忽然羡慕起他来，每天生活在这样纯净秀丽的风景里，心也会变得干净明澈吧。忽然想起柳宗元那首《渔翁》："渔翁夜傍西岩宿，晓汲清湘燃楚竹。烟销日出不见人，欸乃一声山水绿。回看天际下中流，岩上无心云相逐。"

友人趁我发呆之际，咔嚓拍下一张照片，相机里，我的身后是那方墨玉般的山水，而我仿佛站在明信片中，一脸安宁，眼神清明。

十三　苏州的清甜时光

苏州，这个词轻轻念出，唇齿间仿佛已萦绕着一缕软糯清甜的味道。这是苏州留给我的味道。

那年，怀着对江南的向往，我一个人踏上了开往苏州的列车。印象中的江南，一直隐在泛黄的书卷后，在那些长长短短如珠似玉的诗词中散发着细细的清香。"一川烟雨，满城风絮，梅子黄时雨"，理想中的江南就该这样，不应是明烈的颜色，直白坦荡的风姿，而是如一个二八佳人，拿着一把绢扇，含羞掩着半面，绰约娇媚，欲说还休。朦朦胧胧，让你看不仔细，却又不由想靠近。

都说"江南园林甲天下，苏州园林甲江南"，那就先去"天下园林之母"拙政园吧，"拙政园"，顾名思义，就是要像潘岳一样隐退于林泉之下，又像陶潜一样守拙归田园。一走进去，不由得被古人那种玲珑的心思所折服，那些蓊蓊郁郁的花木和碧流清泉、亭台楼榭、假山叠石等景致，都搭配得恰到好处，空间的运用非常巧妙。水为中心，山水萦绕，亭榭精美，花木繁茂，真是目光所及之处皆可入画，一步即是美景一处。

我坐在池塘边的小亭子里，下面是一池碧水微漾，有水必有鱼，果然几尾红艳的锦鲤悠然游过，有水不应少了荷，果然半面池塘都是荷叶田田，荷风送来香气，这样的景色真适合夏夜开轩纳凉，啜一杯香茗，赏荷香月色。而这还只是一处小景。如果走到桥上，便可见长廊曲折，走进月亮门，便可见千杆森森修竹。随意拾一景致，不必考虑拍照角度，咔嚓一下快门，便是一帖满溢着江南风韵的照片。

苏州文化主要是古代的士大夫和退隐的官僚们营造的，所以苏州文化里除了儒雅还有一丝华贵。走着走着，遇见一个黄发碧眼的外国男子，一路不停地惊叹，欣喜雀跃地不停拍照，看着他赞叹不已的样子，我心里的自豪之感不禁油然而生。

逛完园林来到有名的平江路，这可是一条有着800多年历史的水巷，在古代，它是苏州东半城的主干道，如今则成了具有小资风味的文化一条街。信步走着看着，看路旁的特色小店，欣赏那些浪漫诗意的橱窗，忽然看到有家店叫"猫的天空之城"，想起宫崎骏动画里的配乐"天空之城"，不由得信步走进去。这里真是明信片的天堂，我选了几张，坐在临街的卡座上，看着楼下的人群，静静地想一些事，偷得浮生半日闲。最闲适的心情写出的文字应是最真的吧，好久都没有这样慢而细致地做一件事了。我慢慢地给朋友们写着明信片，最后，郑重地挑出一张满墙花开的明信片，写上："寄给十年后的自己，希望那时的你能够成为你喜欢的样子。"

有时候，慢下来，未尝不是一件好事，让心歇口气，吸纳进那些灵秀的天光云色，放松下来，也许会更清楚想要的东西。真想在这里租一家小院，过上一段枕上听风、窗间读影的日子。

走在青石板路上，如同走在一首韵脚平平仄仄的诗中。那弯弯如眉的石拱桥，那梦里相见多次的粉墙黛瓦，那墨绿色的流淌着光阴的水，都在我的心中烙成一幅永远无法磨灭的水墨画。唐时的杜荀鹤写过："君到姑苏见，人家尽枕河，古宫闲地少，水巷小桥多。"高高低低，次第蜿蜒伸展的台阶吻着河水，几个妇人头上扎着蓝色印染花布，正说笑着蹲在河边浣衣，素色衣衫漂漾在水中，我的目光也不禁跟着变得柔软。

江南，终于从那些清丽婉转的诗词中袅袅婷婷地走出来，携着一缕尘世的烟火气息来到我面前。坐在乌篷船里，听到河边的昆曲馆里传出苏州评弹，唱的许是《牡丹亭》，瑰丽的爱情传奇被这样典雅唯美的昆曲演绎，真是相得益彰。一缕婉转细软的唱腔飘出窗棂，飘进我的耳中，只觉浑身酥软，如同饮了一杯清醇微甜的梅子酒，让人不由得醉在这水秀江南。

姑苏小吃很多，味道大多是香甜软酥糯。印象最深的是糖粥，加了赤砂糖的糯米粥先盛入碗中，表面撒一层红色豆沙，有红云盖白雪之美。吃时拌匀，入口热、甜、香、糯。还有酒酿饼，尤其是玫瑰馅，白皮红瓤，似要渗到皮上来。趁热咬一口，喷香、酸甜、脆嫩，皮软、馅甜、味糯，有一种饼不醉人人自醉的感觉。而苏州的方言就像当地的小吃一样，软糯甜美，江南女子操着这样一口话，不用娇嗔，就让人身子酥了半边了。

入夜，飘起了细若游丝的小雨，这样的情景只适合躺在船中，乌篷船中听雨眠，一蓑烟雨枕江南。

十四　古镇，启一封岁月的信

　　来到凤凰古镇的时候，夜色已如羽翼轻覆。我不禁睁大了眼睛，因为夜色中的凤凰古镇令人惊艳。所有的吊脚楼都被彩带般的灯光环绕，处处流光溢彩，宛如童话世界。吊脚楼倒映在水中，水上水下一片灯火辉煌。在这里，夜色做媒，灯光化身为魔术师，将古镇变成一座仙境之城。

　　虹桥在这当中显得格外美丽，水上的拱桥和水下的倒影合成一个圆，灯火随波摇曳，曳出一派妩媚的风情，美不胜收。走在虹桥上，抚摸着那有着悠久历史的桥身，我不禁闭上眼，乘思绪的翅膀去往那遥远的过去。夜色中的凤凰古镇，虽然明亮，但很安静，偶尔风会送来几声浅吟低唱。此情此景，很容易让人生出远离尘世之感，心中那些烦忧，在这样的世外桃源前都变得如风一般轻渺。

　　夜宿沱江边的吊脚楼上，有人在吹横笛，直吹得满山月色与吊脚楼皆变成笛声，而笛声亦是满山月色与小楼。我不禁想起沈从文的《边城》，想起那些珠玉般的句子："月光如银子，无处不可照及，山上竹篁在月光下变成一片黑色。身边草丛中虫声繁密如落雨。"就这样，想着边城，想着翠翠，枕着水声，不觉间就跌入香甜的梦中。

清晨，薄薄的雾气在水面升腾，山色空蒙，云烟缭绕，古镇还在闭目沉睡。我倚在吊脚楼的窗户边，贪婪地呼吸着清新的风，这风被青山绿水过滤过，清甜入肺腑。楼下便是沱江水，沱江发源于云贵高原，是古城凤凰的母亲河。"沱"在苗语里是蛇的意思，沱江意指弯弯曲曲的像蛇一样游走的河流。所以它有着蛇一样妖娆的身段。

晨日初升，烟雾散去，两岸的吊脚楼渐渐清晰起来。这些楼大多是依山而建，房子一半着陆一半在水，临水一面在屋下支有木柱。据说以吊脚之高低来适应山地地形的变化，不仅最大限度地减少土方开掘，同时能防潮避湿，促进通风，并保持居室的私密性。我喜欢楼上挂的那些蜡染花布做的客栈招牌和一盏盏艳丽的红灯笼，别有一番风情。

小巷的石板路被岁月打磨得很光滑，走着走着，不禁想象沈从文笔下的那些淳朴的乡人们是否也是在这样的石板路上挑着担子走过，赤着脚走过，拎着鸭子走过呢？

坐在小船上在沱江上随意漂着，河水清浅，水草如翠带在水底飘摇不定。两岸有百年历史的吊脚楼如泛黄的纸张，书写着岁月的变迁。不知当年的水波是否也是这样青碧，水草也是这样婀娜。船夫唱起山歌，夹杂着野草的苦寒清香，在脸颊缓缓掠过。恍惚间，我也化作山间一缕轻风，逐云而去。

远远望去，凤凰就像一枝湿润了宣纸的墨柳，晕化而去的是一抹唐时的青烟，宋代的杏雨，以及明清时的船影。穿行在古镇中，如同轻轻启开一笺尘封在岁月里的信，沧桑的往昔悄然铺开。

十五　上海弄堂里的旧味

几年前到上海办事，只停留两天，虽然时间仓促，我还是挤出一个下午跑去静安寺附近的常德路。只因迷恋了张爱玲多年，想去看看她住过的房子常德公寓。

那时的公寓外还没有挂什么牌子，只是一座很不起眼的旧式小楼，墙壁上挂着一个个灰扑扑的空调机，彰显着它作为居民楼的身份。我寻到不远处的一个小卖部问老板："那栋楼是张爱玲故居吗？"老爷子狐疑地打量着我说："谁？你说的谁？没听过啊。"我尴尬地笑着，真不习惯自己像个傻乎乎的文艺青年。在老爷子眼中，我仿佛看到了自己神经兮兮的样子。正在这时，屋里探出一个头，声音响亮地回答道："是那里，不过有人住着，不让参观。"我默然退出，虽然来之前早有预料，但还是被浓浓的失落击中了。

我只好站在马路边上，望着这座灰白色的小楼，想象着张爱玲曾经就倚在这其中一个窗户边，写下那些令人迷醉的小说《倾城之恋》、《红玫瑰与白玫瑰》、《金锁记》……其实我还想看看那些在张爱玲、王安忆、陈丹燕等泸上作家笔下复活过的上海弄堂，可因为时间原因，就这样带着一丝眷恋与牵念离开了上海。

多年后，这丝眷恋又牵引着我再次踏上上海，去到那些弄堂里寻一番旧梦。

走进一条窄窄的弄堂，最先看到的是那横在头顶的晾衣竿，两头分别搭着两户人家的窗户，邻里间的温情便通过一根竹竿维系了起来。竹竿上晾着的衣衫在晴空下随风飘荡，带了点家常的味道，萦绕着尘世的烟火气。里弄人家的门前大多摆着花盆，栽着家常的凤仙花、月季花或一些常绿的植物，点缀得那旧弄墙格外美丽。弄堂的重要组成部分就是石库门了，大部分是由青砖砌的，考究人家的门楣是用青石造的。石库门往往带着一副森严的深宅大院的面孔，但走进黑漆大门就会发现，只有巴掌大的天井。风雅点的人家会养着一缸金鱼，置几盆盆景，种一棵好养活的花树。

这时的弄堂里寂静无人，但仰首看着那些衣衫，仿佛有种错觉，正有娇小爱俏的上海姑娘婷婷地从我身旁走过，掠起一阵"百雀灵"的香风；几个虎头虎脑的小孩从我身旁跑过，嘴里嚼着大白兔奶糖；衣着整洁的中年男人跨上自行车从我身旁骑过，留下一串叮铃铃的清脆铃声。这一瞬间，我触摸到了真实的上海，最亲切温暖的上海，最有风情的上海。

它已褪去了十里洋场的绚丽斑斓，仿佛是月历牌上一个穿着旗袍的浓妆女子，施施然走下来，除尽铅华，以一个小家碧玉的姿态立在我面前，一派温婉清丽。

我抚摸着弄堂的砖墙，抚摸着上面流转过的光阴，让手掌与沉淀在上面的历史交流，倾听往事幕幕。阳光斜斜地投影在石库门的门楣上，浮起的光辉就像是老上海烟月中的一个梦晕，虽然门楣上的雕花依稀可见，但曾经的那份富丽，那份精致，却早已化作晓风残月，遁影在了砖墙上的那些斑驳之中，只留下一份沧桑的印象。我静静地抚摸着，感受着，感受着上海风韵翩然的这一面，不禁心荡神驰。

十六　丽江，不只有艳遇

　　这些年，丽江已成为一种符号了。一提到这个词，脑子里就会很自然地想到：柔软时光、浪漫、闲适，还有艳遇。有的人带着一颗疲惫的心去往丽江，希冀能蜷缩在某个角落，让高原的阳光抚慰渴望放松的心灵，也有人怀揣着一颗骚动的心，期盼着能在这里来一场刻骨铭心、最纯最真的爱情。不论初衷如何，不论脚步是否匆匆，来过这里的人都会发现丽江不只有艳遇，不只有风花雪月。

　　漫步四方街，两边的很多店铺都在放着侃侃的《滴答》，吉他声像叮咚的泉水，伴着舒缓轻灵的吟唱，让人的脚步也不由得悠闲下来，路上的每个行人几乎都是同样的表情，闲适恬淡。是的，丽江是个能让你彻底放松的地方。

酒吧、咖啡屋、格子铺，这些卖工艺品、书籍、各类玩意儿的小店都极有文艺范儿，这不仅表现在那些悬在门边的或深沉或诙谐或诗意的标语上，还表现在那些漂亮的手绘上，还有桌上、窗前、椅边摆放的各色鲜花上。印象最深的，是一个酒吧的墙外画着一幅巨幅的抽象画，妖冶狂放的火焰像要吞噬天地，火焰中心写着"蜉蝣之翼，采采衣服，心之忧矣，于我归息"。字写得飘曳多姿，非常美。

在这里四处可见水，小店的门前常有清流环绕，一桩桩木头就搭在店门和石板路之间当作桥，这些质朴自然的桥上常常摆着一盆盆色彩斑斓的鲜花，桥下是碧色荡漾的水，慢慢流淌着岁月。水底的绿草摇曳如玉带，沉淀着如烟往事，映着桥上的青萝翠藤，让人的眼神都变得清凉柔软。

随便找间茶馆，坐在楼上临窗的位置，看着楼下的潺潺流水和鲜花做衣的石桥，就这样晒着太阳，啜着茶发着呆，看着对面客栈爬了满墙的花藤，一帘芬芳缱绻流动。不知不觉，墙上光影已移了许多。在丽江，阳光如浓酒，将一切都蒸腾出原始的味道，它泼泼洒洒地倾在花草上，花便更艳，草便更翠，它公平大方，暖暖地洒在高门大户里，也无遮无拦地洒在草屋茅舍中，到处可见表情像喝醉了酒的狗，慵懒地当街一躺晒太阳，毫不在意路人的眼光，在这里，如果不晒太阳好像都有点暴殄天物了。

丽江的美，各人眼中各不同，而我最喜欢探寻那些古镇深处的小巷，那里都是典型纳西族的民居，偶尔遇到一两个坐在门口谈天的老人，穿着纳西族的衣服。那样富丽的花纹才真叫作盛装。宽宽窄窄的小巷里，连风都像被竹林和晴空过滤过，清新中还带着一缕阳光的凛冽。最喜欢那些雕花门楣里偶尔探出的一簇簇鲜花，不管不顾地兀自矫首望着墙外，泼辣辣地开得娇艳。那些斑驳的砖墙、灰褐色的飞檐、沧桑的木门配上这样簇新鲜丽、艳到极致的花朵，有种对比强烈的美，就像是一本岁月封存的线装书，偶尔拿出，才发现那里面插着一枝被当作书签的桃花，水灵灵斜逸而出。

晚上的古城到处都挂着红艳艳的灯笼，映着墨色的石桥和流水，衬着灯光里翠绿的树木，别有一番旖旎的风姿。古城的最高点万古楼通身透明，一片辉煌灯火绵延很远，一步步拾阶而上，仿佛要走进那璀璨辉煌的神话宫殿里去，不禁想起《千与千寻》里一个场景：混沌的一片黑暗里，一艘载着神灵的灯火通明的大船从未知的神秘仙域缓缓驶来。

这个高原上的古城有太多令人回味的地方。旅行，就是到一个陌生的地方，与心灵做一场交流。你可以推去一切凡世琐事，来到这里，关掉手机，沐清风、饮阳光，做一个卧看云卷云舒的闲人。退守一隅静享缓慢时光，让一切心事都在风里淡去。在这里，植梦，听荷，顺从内心。看庭院疏朗，花草丰茂，清流涤心。

第四篇

轻抚心灵，那些温暖的瞬间

眼泪洗过的眸子更加清澈动人，眼泪冲刷过的心灵更加纯净柔软，卸下坚硬冷漠的铠甲，感受那些让我们流泪或沉思的瞬间。

一　一场流泪的宴席

那一年师范毕业后,我在一所学校担任班主任。班里有个男孩很快引起了我的注意。

他进班时的成绩是第一名,但总是低着头走路,看上去自卑落寞。每到中午放学时,学生们都争抢着涌向食堂。只有他静坐着看书,好像一点也不饿的样子。有次我故意把教案忘在讲台上,在外面踱了十几分钟后回到教室,偌大的教室只有他一个人。他一见我进来慌得赶忙把手放进桌斗,我装作没看见的样子若无其事地说:"看我这记性,教案忘带了。"他正咀嚼着食物尴尬地红着脸朝我笑笑,赶紧埋下了头。我快步走出教室,眼眶不由得酸了,刚才看得分明:他左手一袋榨菜,右手一个馒头。十几岁正长身体的男孩,整天吃的就是这些啊!

我找到学生入班时填的家庭情况表。他的表里,亲人一栏赫然写着爷爷奶奶,家人工作栏里写着务农。他的父母呢?难道他是个孤儿?男孩苍白的面容一直在我脑海里旋转,我的心渐渐地变得柔软,又有些许疼痛。

那时住在教师公寓的我每天都自己做饭,有时做好饭的时候就喊他过来一起吃。刚开始，他怎么都不肯，满脸都是羞涩不安。我劝慰他说：这是对优秀生的奖励，只要在班里考第一名的学生都有这个待遇。我知道以他的资质会一直稳居第一。果然，他学习更努力了，不仅在班里一直是第一名，在年级里也遥遥领先。慢慢地，他不再那么拘谨了，有时还会早早来，帮我洗菜切肉。而我，为了他的自尊心，没把这事告诉任何人。

高考结束了，那个暑假，他在县城的一家饭店打工。有次我经过那个饭店，看到他正满头汗水地端着一摞盘子急急地走，身上那件泛白的背心像水洗了一样湿嗒嗒的。我背过脸去，心里酸痛不已，生活的重负不该早早地压在这个年少的孩子身上啊。

通知书卜来时，他飞奔着来找我，兴奋地说："老师，我考上了！"我激动地站了起来，我知道，那个学校是他的梦想，终于梦想开出绚烂的花了。他忽然说："老师，今晚我想请你去'一品阁'吃饭，你一定要来啊。"他眼巴巴地看着我，眼里满是真诚的请求。我脑海里马上浮现出他在饭店里大汗淋漓的样子，那是他的血汗钱啊！更何况，"一品阁"是我们这儿最高档的饭店，我怎么忍心花他辛苦挣来的钱？我不顾他的哀求，断然拒绝了。

他大概看出了我的坚决，低着头默默地走了。那清瘦的背影写满了失落和难过，他微微驼着的背好像承载着什么沉重的负担，走得很慢很慢。

我呆呆地坐着，脑海里满是他的背影。忽然，我明白了。他不能承受的是我这三年对他的关心。这一蔬一饭之恩对我来说不算什么，毕竟单身的我经济上还算宽裕。但对于他来说，他必须要报答，不管是什么形式。而我，剥夺了他的权利。所以这种不能回报的恩情才会压得他直不起腰来。

我马上冲出去,朝着他喊:"晚上我们去吃饭!"他回过身,遥遥地,我看到他的笑容在风中瞬间绽放,从没见他笑得那样灿烂过。

那顿饭我和他都喝了点酒,一向内敛寡言的他,话变得特别多。我当时脑袋晕晕的,记不清他都说了些什么。只清楚地听到,他说他早就知道:我说的奖励制度只是个借口,是为了能让他吃好饭。他的父母早亡,这是他第一次感受到家人之外的温暖。

那是我吃过的最辛酸疼痛的谢师宴。它让我触摸到一个少年坚韧而善良的心。他伏在桌上一直哭,我抚着他抽动的肩膀,忍不住也掉下了泪。那一盏一筷,一食一饮,都在我们流淌的记忆里失声痛哭。那是疼痛的泪,欣慰的泪,也是幸福的泪。我相信,懂得感恩的他怀抱着这份温暖即使遇到再多的风雨,也会微笑着走下去。善良已如种子播撒在他年轻的心中,并发芽开花,一派鸟语花香。他不会再觉得凄苦,因为心中有爱的人是不会感受到尘世冰冷的。

二　柠檬茶的诠释

　　安静的下午，我正坐在办公室备课，门外响起了微弱的敲门声，迟迟疑疑的，像有所期待又有所畏惧。我应了声"请进"，一个穿着橘黄色羽绒服的女孩慢慢地走了进来，站在了我面前，"老师，您有空吗？我想跟您说说话。"

　　我看着她，她正站在窗边，站在满室灿烂的阳光里，橘黄色的衣服仿佛跟阳光融在了一块，像一枚新鲜的汁液饱满的橘子。我给她搬了把椅子，静静地倾听。

　　女孩上初中时是学校里的佼佼者，考上高中时成绩很好，她很清楚，自己身上肩负着整个家族和老师们的期望，她目标也很明确，三年后要考到那个被写进《石头记》里的南方城市，那个有着古镇流水、脂粉秦淮的金陵。可青春萌动期，她渐渐有了自己的心事，如暮秋的叶子一样落了一地，凌乱得难以拾取。心有千千结的时候便无法做到静心，更无法容纳那么多单词、公式，她的成绩开始日益下滑。

　　女孩的讲述停住了，双手不安地揉着手套，显示出她内心激烈的挣扎，那年轻光洁的脸庞上有丝与她年纪不符的忧郁。

我笑了，透过阳光中飞扬的尘埃仿佛看到了多年前的自己，十几岁的年纪，敏感、任性，在暗夜里打着手电筒记录下一页页日记，在校园里满地落英的小径上一边背书一边想着心事……谁在年少时没有过这样清浅的心动呢？只是时过境迁，你会发现，它不过是漫长旅途中的一小段过往，纵然姹紫嫣红开遍，也不过是过眼云烟。因为，无论风景再美，也只是路过，你一旦停靠，一旦如舟泊向你自以为的水边，那人生的这趟列车就要停了，而前面大段大段霞光云影、水光山色的好风景都将与你无缘。有时候，一生只有那几个重要的瞬间，把每个稍纵即逝的瞬间都牢牢地把握住了，串起来才是一个完整的春天。

而这些道理，年轻的你，又是否理解？

我端来一杯泡好的柠檬茶让女孩喝，淡黄澄澈的水托着几片柠檬片，散发着微苦的清香，她抿了一口不由得赞叹道："真香。"是啊，柠檬茶的味道清爽甘冽，可很少有人知道泡制它需要12个小时漫长的等待，如果你是急性子，哪怕把它捣烂也尝不到一丝香味而只有苦涩，如果泡得太久，柠檬的甜香会慢慢消退，便会索然无味。

而人生亦如茶，不要太希冀于想要的结果，也不要一味消极地等待，只需在合适的时间做合适的事，并尽自己所能把它做好就可以了。

少年的时候，精力充沛，可凭伶俐的大脑为自己积累知识和能力；青年的时候，思想渐趋于成熟，情感上不再青涩、懵懂，便可寻觅爱的人品尝爱之甘饴；中年的时候，可在之前积累的基础上加以拓展自己的能力，发展事业；晚年的时候，就可以坐在藤椅上细数梧叶间一丝丝漏下的阳光，享受这一生得来的清欢——家庭、财富和安稳岁月。

可是如果把这一切都颠倒过来，在十几岁的时候就享受爱情，失去发展和积累的机会，那么很难说在中年时是否会事业有成，晚年时能否幸福安逸。

"人生如茶，等得太久，就淡而无味，等得心急，就味道不够……"女孩喃喃地自语，"谢谢您！"她抬起头来，脸上挂着坚定而明朗的微笑，我在心里说，不，应该感谢这个午后，这杯柠檬茶的诠释。

三　一本夹着太阳的书

那年我上高二，校门口有个小小的书店，店主是个40多岁的阿姨，总是坐在一团橙黄色的阳光里，挂着温暖亲切的笑容。

我常常去小店看书，一本本装帧精美的书散发着墨香躺在书架上，充满诱惑。而我，只能小心地抚摩，匆忙地浏览，终究不能把它们带走。因为，我囊中羞涩。

我无法忘记，父亲辛苦卖了一年烟叶的钱有着怎样烫手的温度，而母亲还病卧在床上。我能做到的，就是尽量少花钱。所以，那些书对我而言，是奢侈品。

我总是在放学后走进书店，慌张而贪婪地翻着书，然后在晚自习上课铃声响起前恋恋不舍地离去。时间飞逝，我没有买过一本书。而那个笑容亲切的阿姨，从未对我冷脸恶语。那时，夕阳下的小书店，在学习的重压下成了我心灵休憩的港湾，是我平复所有压力、焦虑的地方。没来由地，我竟然生出一丝希冀，也许那个善良的阿姨会无条件地包容我。终于，我做了傻事。

那天，店里打杂的伙计在低头打盹，阿姨坐在门口织毛衣，店里只有我一个人在看书，周围有种亘古洪荒的安静，静得仿佛能听到尘埃在阳光里飞舞的声音，我的心跳声也变得如擂鼓般震耳，我久久地爱惜地摸着《张晓风文集》的封面，心中被强烈的占有欲填满。多好的机会啊，大脑开始混沌，贪欲指挥着我伸出手把这本书塞进宽大的校服里，伙计仍在打盹，阿姨仍在织毛衣，我尽量抚平心绪，装作什么也没发生，往门口走去。可因为太紧张，当我迈出门槛的时候，怀里的那本书往下一坠，从校服下探出一角，刚好，阿姨抬起了头，这一幕被她看在眼里！

我的脸一下变得滚烫，傻傻地愣在那儿，可是，我永生难忘的一幕发生了。阿姨怔了下，迅速低下头说："快去吃饭吧，明天再来啊！"我的眼泪瞬间涌了上来，又被生生忍住，我嗫嚅了一声："好。"然后慌不择路地跑掉，整个夜晚，我都不敢再碰那本书，仿佛它是一块滚烫的烙铁。第二天，我当然不敢再去书店，接着一星期、两星期，我都不敢再去，那块烙铁，已经在我原本自卑的心上烙下耻辱的印记。

这天放学后，我随着人流往校门外走，迎面看见阿姨正站在门外往里张望，我躲闪不及，一下撞上了她的眼，只得上前打了个招呼，心中暗想："完了，完了，她肯定是来找我算账了。"心无法抑制地狂跳着。她却笑着说："明天店里伙计请假，刚好是周日，你不用上课，来帮我一天行不？"我惊讶地张着嘴，半晌忙不迭地点头。别说是一天，哪怕是一个月我都愿意，因为，我多想靠行动来弥补这愧疚！

店里的活儿并不多，大部分时间我都在看书，劳动的间隙，阿姨跟我聊起她的家事，聊了很多，只有一句话我记在了心里，她说：想要什么就用双手去获得，这样踏实。我忽然明白了，她让我来是为了教给我这个最朴实的道理啊！后来我一放假就去帮阿姨干活，她也常送给我一些封面破损的书或过期的杂志。

多年后，我大学毕业，找到了不错的工作，母校外的小书店几经易主，我多次去寻找，但再也没见过那个阿姨，再也没机会亲口说声谢谢。我不敢想象，如果那天她痛骂我一顿，那个青春期里自卑内向的女孩会不会从此成绩一落千丈，永远深陷在自责、自鄙和自我否定的泥淖里？

想起她，心中便充满了暖暖的感动，她用巧妙的方式维护了一个女孩脆弱的自尊心，用宽容和善良为女孩上了人生中重要的一课。那本书我一直保存着，每当遇到人生中的阴霾，我都会拿出它轻轻抚摸，一种太阳般的温煦就能通过指尖传递到心灵深处，这本夹着太阳的书让我相信，这世间广博的爱和温暖。

四　沉重的月光

那年，他托姨夫的关系在市里最好的高中就读。从小在乡下长大的他一身野性，城市里的繁华深深地吸引了他。那时，互联网刚刚兴起，他在朋友的介绍下，第一次接触电脑。有趣的游戏，跟陌生人聊天的兴奋，让他彻夜流连在网吧，从此一发不可收拾。

他控制不住泛滥成灾的欲念，一到晚上就蠢蠢欲动，悄悄翻出学校后墙去通宵上网，凌晨再回宿舍呼呼大睡，强撑着去教室也是倒在桌子上大睡。有时，他也觉得这样的日子很空虚，空虚得令人心慌。但夜幕降临，他又忍不住翻墙而出。室友们大都是农村中学考来的"尖子生"，不理解他的行为，有的开玩笑劝他："夜路走多了会撞鬼的。"他总是一笑了之。可他的班主任再也受不了了，给他的姨夫打电话诉苦，婉转劝其退学。

姨夫觉得很没面子，生气地把昏睡的他揪出来大声训斥了一通。他的眼睛突然睁得溜圆，睡意一扫而光，他看到了姨夫背后的身影——那是父亲！父亲依然佝偻着背，两眼直直地望着地面，黧黑色脸上双眉间的沟壑很深很深。父亲永远都是这副谦卑的样子，好像犯错的不是他，而是自己。他一看到父亲这样子就又愧又气。

姨夫骂完了，父亲走上前，嘴唇嗫嚅着，忽然抬手给他一记狠狠的耳光，他终于看到了父亲抬起的脸，那双深陷在眼窝里的眼睛布满了血丝，充满着愤怒、失望。他的心有了一丝震颤，但很快就强装镇定，甩了一下头发扬长而去。但坐在教室里，他的心再也无法平静，就像暴风雨中的大海，狂风骇浪。脸颊上还火辣辣地疼，他扭过头，隐约看到冬青树后的父亲和姨夫在争论着什么。周围的同学都低声地议论着，他把头埋在一大堆书里，半晌，那页纸濡湿了。

接下来的日子，他开始认真学习。但繁重的作业、枯燥的习题让一向放荡不羁的他很不适应，上网的愿望越来越迫切，像一簇小火苗从他那并没彻底冰封的心底蹿出来，渐渐蔓延成燎原之势。他想，只玩这一次，最后一次。

那晚月色很好，天空没有一丝云翳，月光无遮无挡地洒了下来。他轻车熟路地摸到学校后墙。但令他吃惊的是，墙头上的缺口——被他花了好多天推倒的缺口被填平了。砖头和水泥都是新砌的，摸着还有些湿润。他不甘心，正琢磨着对策，忽然听到墙那边有动静！是一个人在打鼾，鼾声忽高忽低。他愣住了，这鼾声他再熟悉不过了，是父亲的。

夜雾有些重了，丝丝凉意侵入骨髓，他的头很蒙，像是被人敲了一记闷棍。父亲不是三天前就回乡下了吗？他为什么还留在这里？这么冷的夜他为什么不住旅馆或住在几步之遥的姨夫家里？摸着新砌的墙，听着忽高忽低的鼾声，他的心里渐渐明白了一切。父亲，他是不放心自己啊！

他扭头狂奔，脚踩在柔软的草茎上声音不大，但每一步却像是踏在心里，激起沉重的回响。眼泪纷纷滑过脸颊，多得来不及擦拭。他带着一身露水和满脸泪痕一头扎进宿舍的被子里，号啕大哭了整夜。室友们面面相觑，难不成他是真的撞鬼了？

从此，浪子回头成了全班最勤奋的人。最终，这匹"黑马"杀出高考的重围，考上了全国最好的医科大学，也成了那年毕业生里的新闻人物，大家对他的改变都议论纷纷，各种版本的传言都有。

后来，他每每去外面讲学或分享成功心得时，总会说感谢那年的月光，因为，在那月光下，是一位父亲，用自己最为卑微、憨厚和愚笨的方式，唤醒了堕落和迷惘的他。那月光，正是流淌进岁月里的浓浓之爱啊。

五　那场青春里的遥望

那年，我上高二，班主任突发奇想将班里座位进行一次大调整，我只觉得满心房的欢喜像白鸽扇动翅膀扑扑楞楞，因为我分到一个靠窗的座位。

虽然窗外没什么桃红柳绿的景致，但对于喜欢独处的我来说，一束阳光便可以为我圈出一隅小小天地。

对面是一幢老楼，专门供复读生学习，同学们叫它"怨念楼"，说它整幢楼都散发着怨气，但在我看来，那些复读生们并不是个个都愁眉苦脸。跟我遥遥相对的靠窗位置坐着一个男生，安安静静的，学得累了时我便扭头观察他，这成了平淡生活中唯一的调味品。

他是个很用功的人，除了上课，大部分时间留给我的都是一张侧脸，低着头，专心应对满桌的书卷。早晨我一般习惯早起，赶到空荡荡的教室时，他早已端然凝坐，低着头在朗读。

这天晚自习我写完作业习惯性地扭头遥望，灯火通明的复读班里他竟然趴在桌上昏睡，"不会吧，还从没见过他上课时睡觉呢，刻苦用功的他今天怎么了？"我百思不得其解，再仔细看竟发现他的双肩一耸一耸在抖动，原来他在哭！只见他同桌不停地对着他说着什么，而他不理不睬一直埋头痛哭，出什么事了？我正胡思乱想，忽然他猛地抬起头，抓起桌子上的一张卷子便使劲撕了起来，看得出他很生气，情绪很激动。想到前几天刚举行过高三全市统考，我心中便明白了几分，他可能考砸了。

我不由得在心里给他鼓气，高考是个独木舟，每个人都要用上十二分的力气去挤，挤上才能摆渡到理想的对岸。

"加油！"我对着复读男说，也像是说给自己。

他课间经常会发呆，这时的他浑身笼罩着一层淡淡的忧郁，这种灰色的情绪很轻易地感染到了我，使我间接地感受到高考沉重的压力，也许是因为他，我开始居安思危，更加发愤。是的，我不想步他的后尘。

高考结束，复读生们都要陆续离校了。一个课间，同桌忽然惊叫起来："你看对面在干吗？"我急忙扭头，漫天雪片一样的试卷从对面楼上飘落，就像一场浩浩荡荡的雪，又像一群玉蝴蝶在蹁跹飞舞，试卷落下后慢慢现出的是他的脸，虽然隔得远，但我也能感觉到他嘴角挂着一抹淡淡的笑，"这人挺酷的嘛，估计考得不错，否则也不会舍得扔卷子。"同桌饶有兴趣地看着他说。我笑笑，望着对面热闹非凡的"怨念楼"，有人高歌，有人尖叫，有人把书本抛向空中，也有人在大哭，他们都歇斯底里地抒发着压抑已久的情绪。他清理课桌准备离去时好像无意间往这边瞥了一眼，我慌忙扭过头心跳得如乱鼓齐鸣。

很快，我也站到了高考大军的队伍里，临考的日子，教室的空气仿佛格外稀薄，令人窒息，大家都如离岸的鱼，拼命挣扎。

我的表姐刚好在他曾经就读的这个复读班，一个中午我去找她，学生们大概都去吃午饭了，教室里寥寥几个人也都埋头书堆里，我悄悄走近他坐过的这个桌子，抚摸着这个我曾遥望过无数遍的桌子，想象着他那时苦读的身影，忽然发现桌子上刻了几个大字：守得云开见月明。每个字都像刀凿似的，深深嵌入桌面，那笔画生硬且硕大方正的字乍看去触目惊心，而且好像被描过很多遍，圆珠笔、黑色水笔、蓝色钢笔的印迹斑驳可见。我心潮起伏，抚摸着那旧旧的字，我知道，这一定是他写的。我遥望对面自己曾经的座位暗暗发誓：要一鼓作气，守得云开见月明！

接下来的日子我像疯了一样把自己沉溺在书山题海中，终于等到高考结束，一切都尘埃落定，飞扬的青春各有各的归宿，我也如愿考上了武汉那所开满樱花的大学。

迎接新生的人群里，走过来一个男生，笑着说："听说是老乡，就赶来接了。"我有一刹那的眩晕，竟然是他！我跟着他去报到，不由得扭头看他那熟悉的侧脸，那脸上找不出一丝忧郁的影子，而是洋溢着自信、快乐的微笑。

我也笑着，一直看着他傻笑着，他不知道，他在无知无觉中曾充当了一个女孩心灵的救赎，那场青春里的遥望，如这满树樱花般明艳而美好。

六　夕阳里的雕像

初秋的风已有了丝彻骨的寒意，冷飕飕地直往人脖子里灌，他夹着教案疾步走到车棚，这种鬼天气还是早点回家好。

他一推自行车，心中咯噔一下，又没气了！唉，一声长长的叹息从心底深处飘出来。这个月车子是第几次被人放气了？他无奈地摇摇头。

他顶着风费劲地抬着车后座把它推到校门外，校门旁修车的师傅一见他，不由也皱起了眉头，同情地咂咂嘴。

"张老师，车子又没气了？"

"唉，不知道怎么回事，可能是气门松了。"

师傅仔细检查了下，擦擦手说，不是这儿的问题，肯定是有人把气放了。说完，细长的眼睛不经意地扫了他一眼。他多日的猜想得到了证实，脸上像被火烧过一样滚烫，赶紧低下头拼命打气，心里却涌上一股辛酸和愤怒。

作为一个教师，他"得罪"的无非是那几个特别捣蛋的男孩，可是，这些孩子怎么就这么不懂事呢？他狠狠地打着气，心想，一定要抓住这个顽劣的学生。

这天下班,他没有像往常那样伏案备课,而是踱到办公室后面往外看,因为从这里,可以看到车棚。

放学铃一响,雀跃的孩子们便向校门口涌去,渐渐地,喧嚣像潮水般退去,只留下空旷而静寂的车棚。一个小小的身影出现了,从容地走到他的车子旁蹲下身,那动作熟稔得刺痛了他的眼。

竟然是晓南,一个乖巧如猫咪般的女孩!

他平静了一下自己的情绪,仔细观察这个正在放车子气的小女孩,她非常镇定,没有左顾右盼,起身后还调皮地拨了下车铃然后扬长而去。

他诧异之余反思自身,平时没批评过她,更没通知过她家长,偶尔提醒她不要瞌睡都是用手指轻轻敲敲桌面,毕竟她是成绩优异又听话懂事的好孩子,哪个老师都不忍多加责怪,而他平日里打交道的都是调皮捣蛋的学生,这下,他彻底地迷惑了。

他努力地在大脑里搜索关于她的记忆,隐隐记得上年冬天开家长会时她的母亲打来电话说有事不能参加了,他习惯性地问,孩子的爸爸能来吗?电话那头的女声迟疑了半晌,低低地说:"她没有爸爸。"

后来他听跟她是邻居的同事说,她的父母早就离婚了,这就是他对这个9岁女孩唯一的记忆。毕竟,她太安静了,安静得如汪洋里的一滴水,在满教室稚嫩活泼的孩子中,她很容易被忽视。

他决定不理她,而是在课间亲切地询问她的学习状况,在课堂上赞扬她的作业工整漂亮,她一脸受宠若惊的表情,慌得手脚不知道往哪放,小小的脊背僵硬地挺直着,双眼亮晶晶地看着他。他想,春风化雨的教育理念对这类好学生肯定有用吧。

谁知，他的自行车又被放气了。

他气急败坏地站在窗户前，眼睁睁看着小女孩蹦蹦跳跳地走过来，熟练地拧开气门准备转身离去。他终于忍不住了，如离弦的箭般冲下楼，堵在小女孩的面前。

女孩的神情让他很震惊，她先是一愣，然后便一脸安然，静静地垂首站着，做出准备挨训的样子。他的气不打一处来，大声斥责着她，声调越来越高，话语也越来越严厉，她的脸上渐渐浮现出恐慌的表情，抬起小脸楚楚可怜地看着他。他的心有一瞬间闪过一丝疼惜，可转念一想，这个品学兼优的孩子变得喜欢捉弄别人肯定有家庭的原因，做老师的再疏于管教，以后走上歧途就晚了。他狠狠心说："你这样捣蛋的学生是老师最头疼最不喜欢的！"

她猛地抬起头，满脸泪痕。他忍不住拍拍她孱弱的肩说："回去吧，天快黑了。"

她忽然抓住他的衣襟哽咽着说："老师，我不这样了。你不要讨厌我，我，我只是想让你多注意我，因为，你长得像我爸爸……"

小女孩的脸因激动涨得通红，满脸的泪水在黄昏的暮色里闪着碎钻似的光，他呆住了，慢慢地蹲下身。女孩仍旧控制不住地大声抽噎着，断断续续地说："你总是批评张小强……呜呜……你从来都不理我……我想让你理我……批评我也行呜呜……我想爸爸……我很想爸爸……我是个好孩子，呜呜……可爸爸不再回家了……"

他的眼睛湿润了，掏出裤兜里的纸巾擦掉女孩的眼泪和鼻涕，紧紧地抱住了她，女孩的悲伤、恐惧、无助都透过那抖得如落叶似的小身躯直抵他灼热的胸腔，他觉得嗓子像被什么堵住了，说不出话来。但是，他决定，以后他要尽自己所能给这个女孩父亲般的温暖和关爱。

　　一只归巢的鸟儿焦急而飞快地在天空划过一条弧线，飞往自己温暖的巢穴。远处的高楼陆续亮起一盏盏橙黄色的灯光，不知谁家窗口飘散出炒菜香味和小孩的嬉闹声，他紧紧地抱着小小的她在落日里融成一座温暖的金色雕像。

七　风过紫藤香

　　夏莉转学走了，曾经她是我忠实的"心情垃圾站"，听我倾吐各样情绪，陪我走过两年的中学时光。如今她一走，我竟像失了魂般食不知味。

　　可她转走后不久来了封信，说是交了新朋友，在新的学校过得很好，因为学业紧张可能不会常来信了，而这以后竟然是再也不来信了。我倔强地仰着头把眼泪逼回眼眶，自此明白，这个朋友是在生命里消失了。

　　我一遍遍地翻看她写给我的信，想从那些只言片语中找出原因，她说我作为朋友从来不会指出她的缺点，不会做历史课本上直言的魏征。

我很快认识了新的朋友——品学兼优的谢彤，虽然她家境贫寒性格孤僻，在班里也没有自己的朋友圈，但我毫不犹豫地伸出了橄榄枝。潜意识中，没有朋友的人应该会更珍惜友谊吧。

谢彤对我的关爱受宠若惊，还邀我在寒假去她乡下的家里玩，那是我第一次去农村，对什么都很新奇，她那一贫如洗的家境也让我很震惊。

开学后的第一个班会上，老师说要选出一名学习优异且家境贫寒的同学，学校要发放助学金。谢彤因为不常与人交往，得票较少，眼看就要花落他人，我一急赶忙站起来说："老师，谢彤家在农村，家里非常贫困，她很需要这笔钱！"班里马上像炸开了锅，同学们叽叽喳喳地议论开来，我回头看她，她垂着头紧咬着嘴唇，那楚楚可怜的样子让我更坚定了为她争取助学金的信心。

老师举手示意让同学们安静下来，然后问我："你去过她家吗？真的了解她的家庭情况吗？"我竹筒倒豆子般说："当然去过，她家在农村，养了好多鸡和猪，她爸妈每天都要去地里干农活，家里只有两间屋子，屋顶还破了个大洞，谢彤几年都没买过新衣服了，都是穿她姐姐的，有的衣服里面还打了补丁，只不过大家看不出来罢了……"

"好了。"老师挥手阻止了我的滔滔不绝，教室又重新沸腾起来，同学们脸上都带着惊讶同情的神情，我昂着头，为能帮到朋友而骄傲，感觉自己好像一下子变成了直言进谏的魏征，敢于排除万难说出实情。

助学金最终发给了谢彤，若是平时，同学们都笑闹着让请客，可这次大家都心照不宣地沉默了，谢彤呆呆地坐在那，看不出是高兴还是忧伤，我冷不防打她一拳："不要想着请我哦，你家里条件不好，自己用吧。"她忽然抬起头，眼里闪烁着泪花，我愣了，刚回过神，她已如小鹿般匆忙跑走了。这以后，她经常躲避着我。

我开始愤怒，难道友情这么脆弱吗？明明帮她拿到助学金，她一句感谢都没有，反而疏远我，这叫什么事儿嘛！我不再爱说爱笑了，有几次遇到她，我都压抑住几乎要喷薄而出的情绪，淡淡地走开去。

这天我在无人的紫藤花架下看书，忽然见花藤后面有个熟悉的身影，悄悄走过去，是谢彤，她正在吃馒头咸菜。我不禁诧异，这是午饭时间，她为什么跑到这偏僻的角落里吃饭，难道她不想被人看到吃咸菜？心头有个念头忽然一闪，她也许不愿被人提及贫穷的家境！

是啊，我怎么从没想过，与贫穷相伴十几年的她也许深深以之为耻，自卑或许使她的心更为敏感。再穷，也有尊严，而我竟没考虑过，而是简单粗暴地把她的家境展露给众人，却如同撕去她最后的遮羞布，难怪她比以前更孤僻了。

往事浮上心头，每当我提到"穷"字，她那窘迫的样子，我在班里大声诉说她的家贫时她那恨不得钻到地缝里的样子，同学们指着她破旧的衣衫窃窃私语时她紫涨着脸的样子，我从没想过，那些自以为率真的话却成了射向她心里的一枚枚利箭。如果当初，我能站在她的心理去考虑事情，认真斟酌要说出的话，就不会让这份友情蒙尘了，我的心开始生出一种钝钝的疼痛。

真诚本该是温暖的，可这应该是建立在对别人的理解尊重上，如果不顾方式，那就变成骄阳一样滚烫了。

我开始在杂志和网上搜集如何克服自卑的办法，不仅为了挽救友情，更因为我想尽所能去弥补过失。这些克服自卑的事例和名言警句我都抄到摘抄本上。可怎么让谢彤了解这些呢？我咬着笔杆想啊想，眼光忽然落在正走进教室的语文老师身上。语文老师每天开课之前都会找个同学演讲10分钟，而演讲是我的强项。主意已定，我便着手准备演讲词……

三天后的早上，上课铃响过后，语文老师微笑着走到讲台一旁，伸手做了个"请"的姿势，我拉拉衣服正准备走上台。忽然，一个熟悉的身影径直走了过去，是谢彤！她从容地理了理碎发，不疾不徐地开始了演讲。而我听着听着，不由得泪湿了眼眶，她演讲的主题是友情，而讲述的故事完全就是我俩的翻版，别人可能听不懂，我却字字都懂，原来她一直都想找个机会跟我和好，也无意中看到我的摘抄本，了解了我的苦心，她说她很庆幸，拥有最珍贵的友情。泪眼蒙眬中，我看到她走下讲台朝我走来，然后是一个大大的拥抱，周围掌声震耳欲聋，而我一个劲儿地流着幸福的眼泪。

我忽然明白了，友情并不脆弱，只要我们善于经营，对待他人讲究方式，心怀温暖与善良，它自会像紫藤花一样回报给我们最迷人的香气。

八　流年里那枚青果

　　刚考入大学那年，生活如旭日东升时天边的那抹绮丽朝霞，灿烂美丽且充满生气。那时的我和梅子都是从大山里走出来的孩子，都市里的繁华像万花筒一样让未经世事的我们看得眼花缭乱。

　　学校后面有片小土坡，一到春天就开满了星星点点的不知名的小白花，我常常觉得这片小土坡孕育了一个冬天的梦，经过一场春雨的催促便悄悄地将雪一样纯洁的梦境呈现给天空。而我们就躺在这巨大而柔软的"梦"里，满世界都是细细碎碎、星星点点的雪白和馨香。我拉着梅子的手，她的手湿润而冰凉，我郑重地一字一句地说："答应我，我们努力考上北京的研究生，去看更精彩的世界。"梅子一骨碌翻过身，也郑重地说："我答应你！"多年以后，每当想到她这句话，心头都像被锤子敲了一样有种钝钝的疼痛，梅子的眼睛依然在岁月疯长的青藤后忧伤地望向我，清澈一如往昔。

　　我们努力地学习，汲取知识的营养，这样平静的生活没有维持多久就被一个男孩打破了。他叫乔生，他的英俊和潇洒不羁是每晚女生宿舍里津津乐道的主题。

梅子渐渐地有了心事，开始有意无意地追随着乔生的身影，她靠在我肩上，大眼睛里像蒙了层水雾，用指尖轻轻地在玻璃窗上画着心形。我没有想到的是，乔生用一幅画就带走了我的好朋友梅子，画中的女孩长得跟梅子一模一样，当乔生把画递给梅子后，她的一张脸马上红成了天边的晚霞，而我眼睁睁看着这一切，却无能为力。

梅子不再是我的好朋友梅子了，她开始每天花大量时间在镜子前精心地搽好面霜，梳好头发，兴高采烈地去赴乔生的约会，却再也不跟我泡图书馆了。她的成绩不再骄人，连英语四级都没有考过，但在甜蜜的爱情前，她完全忘了所有。

又一次考试，我依然把她遥遥地甩在后面，我忍不住找到她说："别和他交往了，你难道忘了我们大一时的约定了吗？"她却淡淡一笑，"你妒忌我吧？"我愣住了，看着眼前这个女孩，她白皙的脸上浮上一层淡淡的红晕，眼神迷离，像沉浸在幸福的眩晕里，现在的她变得很陌生，再也不是那个我连呼吸都熟悉的梅子了。忽然觉得在她的目光里我渐渐矮了下去，低到尘埃里，成了一棵没有雨露滋润的干巴瘦小的树，奇怪地矗立着。我气愤地拔腿就走，心中五味杂陈，说不清是可惜还是伤心。

毕业了，乔生和梅子因为有几门功课挂科，没有拿到毕业证，再后来，便没有了他们的音讯。我常常想，当她拥抱爱情的时候是否还会想起我们的诺言，想起那遗忘在风中的梦想？

剩下的时间，我为了考研将自己沉溺在书海里拼了命地努力，终于考上了北京一所重点大学的研究生，读研期间，听一个同学说，梅子和乔生结婚了，但因为能力有限，工作也不好，生活得很拮据，两人经常吵得天翻地覆。我闭上眼，盛夏的微风中，不禁想起了曾经的小山坡，和那些被风吹散的笑声，那些青春的梦想和憧憬像闪耀的阳光一样铺了满地。

忽然想起泰戈尔的一句诗："着急地采摘会让你失去果实的甜美。"是的，青春不是收获果实的季节，过早地急不可耐地摘取那枚爱情的青果，只会尝到苦涩的滋味。而人生，应该在合适的阶段做合适的事，这样才能品尝到生命那甘美的果实啊。

九　永远不灭的心灯

父亲远远地站在校门口，像矮小的雕像，手里推着的那辆摩托显得格外高大，车灯打出暖黄色的光，她微笑着拎着背包穿过汹涌的人流走向他。

"爸，这周我们双休，咱们走吧！天这么亮，你车灯开着干吗？"

"哦，忘关了。"父亲憨厚地笑着，从车斗里取出摩托头盔递给她，她轻巧地跨上车座，风从耳旁呼啸而过，父亲背上的汗味让她熏熏然想安然睡去。

又是一个周末，依旧有无数家长来接学生回家，拥挤的校门口，她惊讶地发现父亲的车灯依然亮着,她想了想没说话,沉思着跨上摩托后座,父亲一向是个细心而节俭的人,现在怎么这么粗心呢?

周末又来了,她拖着沉重的步子向校门走去,这周的月考她后退了三个名次,她决定不对父亲说,因为猜也能猜出他会怎么安慰,"我家囡囡是最聪明的,什么难题都难不倒的……"唉,父亲哪知道这个重点高中人人都是精英。

她快步向父亲走去,那熟悉的车灯依旧亮着,她微微皱起了眉头,忽然眼角的余光瞥见他——那个后排清秀的男生。他正拎着包匆匆走过,并一脸诧异地回头看了一下父亲和她。她的心剧烈地跳起来,脸变得滚烫滚烫,不用看就知道,父亲肯定还穿着那件洗得发白的汗衫,一双破旧的鞋彰显着寒酸和贫穷。她看着男孩离去,心里忽然涌上一丝绝望和愤恨。

她低声冲父亲吼道:"怎么车灯还开着啊!咱家很有钱是吧?以后别来接我了,我周末也要在学校学习,知道吗?"父亲没见她这么生气过,慌慌张张地关掉车灯,小心翼翼地赔着笑,脸上写满了惶恐和尴尬。她的心又软了,阴沉着脸跨上摩托后座。

以后这两周,她都待在学校疯狂地学习,周末空荡荡的宿舍里她全身心地把自己埋在书山题海里。中考结束了,她成绩骄人,但伴随而来的是恶毒的流言:宿舍丢钱了,嫌疑人是家境贫穷的她。这流言像最后的那根稻草,一下子压垮了她用成绩辛苦堆砌起来的自尊和骄傲,而贫穷无情地把她钉在了耻辱柱上。

半夜里她哭着给父亲打电话说想回家,老实巴交的父亲仍然喃喃地重复那一句话:"我家囡囡是最好的,最好的……明天爸就去接你。"

第二天,她等了很久才等来了父亲的摩托车,阳光下再看到那盏闪亮的车灯，她不再生气，而是觉得格外亲切。她伏在父亲的背上，一边低声啜泣一边讲述心中的委屈，父亲沉默了半响大声说："你要记住，不管别人看不看得起你，你一定要自己看得起自己，你要相信，自己永远是最棒的。"她流着泪使劲地点点头，一瞥之间却发现父亲的脚踝蹭破了皮，鲜血淋漓。原来父亲想早点来接她，结果在路上摩托开得太快，摔在了路上。她的泪流得更加汹涌了，她在心中暗暗发誓，一定不能辜负父亲，不能辜负自己。

三年后，她拿到了大学通知书，父亲高兴得喝得酩酊大醉，她忽然忆起父亲在白天开车灯的事，就讲给母亲听。母亲说，原来她的眼从出生就有隐疾，可父亲向她隐瞒了这一切，因为他只想让她充满自信，觉得自己是最优秀的，哪一点都不比别人差，可他又怕人潮汹涌的校门口她会看不到他，所以他一次次地为她打开明亮的车灯。

父爱无言，如海般深沉，她相信父亲用爱点亮的这盏灯，会一直亮在她人生路途的前方，指引着她不再迷路和彷徨。

十　成长的乐章

过了寒假，再去上学，班里多了个男生，新来的男生叫许洋，一向独来独往。用阿九的话说就是"酷得一塌糊涂惊天动得令人生津止渴"，用白小浅的话来说就是"天天鼻孔能插葱也不怕脚下绊着石头摔个口眼歪斜"。

许洋慢慢和同学们熟悉起来，他对每个人都露出那口小白牙迷死人地笑，可独独面对白小浅时，是一副凶巴巴的面孔，做课间操时，白小浅来得晚，他就冷笑着说："真蠢，全班就等你一个人。"白小浅跑步崴了脚，他就冷嘲热讽道："笨得天地不容呀，哦，也许是人品问题。"每次，白小浅也很迷惑，到底什么时候得罪过这个新来的。班里举行辩论会，白小浅是正方，许洋是反方，两人你来我往唇枪舌剑，大有"恶斗"的架势，阿九看得目瞪口呆，心想："这两人有啥血海深仇啊？"

这天许洋的同桌——长嘴男费罗忽然高声尖叫道："哎呀，许洋的钱包丢了！"同学们都聚拢过来议论纷纷，有的女生还惊慌失措地翻着自己的书桌，尖叫声声。

白小浅捂住耳朵说:"恶有恶报,丢了活该。"

费罗拍拍脑门说:"以我福尔摩斯二代的头脑,可以断定,偷钱包的人肯定会选在大家都不在的时候,比如放学后。"

人群里有人说:"昨晚白小浅是值日生,走得最晚。"

白小浅气急败坏地拍桌子大喊道:"血口喷人,这种人即使把100万扔我面前,我都不会看一眼!"

许洋的一张脸红红白白,然后从鼻孔里发出一声悠长的充满鄙夷的"哼"。正在这时,班主任推门而入,大喝道:"快考试了,你们在唱戏吗?"班里瞬间鸦雀无声,同学们的表情还没来得及转换,凝固在脸上。许洋大步走到班主任面前低声说了几句话,老师的眉毛马上像两条毛毛虫一样纠缠到一起,他指着白小浅说:"你,课间来找我。"所有同学的目光像探照灯一样刷地投向白小浅,她觉得脸烫得快要爆炸了。

时光红了樱桃绿了芭蕉,"钱包事件"已过去很久。没有充分的证据,白小浅没受到任何处罚,她始终相信清者自清。而许洋不知从什么时候起不再跟她作对了,生活貌似依旧鸟语花香,可青春期少女的心就像六月的天空,昨天还晴空万里,今天就阴云密布,不为别的,因为爸爸回来了。

白小浅的爸爸在半年前和一个女人组建了新家庭,而白小浅的妈妈和另一个男人也组建了新家庭,他们很纠结但又很坚定地跟白小浅解释了大半天,白小浅什么也没听懂,只知道跟着妈妈的她成了没爸的孩子了。阿九经常劝白小浅:"你别整天一副王母娘娘的脸了,你得想开点。"白小浅做不到这样豁达,就像这次,爸爸一回来,她扭头就钻进小屋里。

抬眼望窗外,一栋栋高楼正陆续亮起暖黄色的灯光,像一只只眼睛,这么多窗户的背后，会不会也有人像我一样不开心？白小浅的眼里腾起一层忧郁的水雾，很快化成大颗的泪滴落，她忽然想起班主任说过的话："青春，是苦乐交织的乐章。"

这一天跟以前飞逝过去的每一天都一样，又是白小浅值日，她口渴难耐，匆匆地扫完地就往门口跑，一下子撞到一个人，一看是许洋，溜到嘴边的"对不起"被她硬生生地咽了回去，拔腿就走。背后传来冷冷的一句话："跑这么快，小心被车撞。"

白小浅气得在心里骂"这个乌鸦嘴"，谁知这乌鸦嘴的话在半小时后竟变成了现实。

当时渴得嗓子冒烟的白小浅一看到路对面的仙草冰店就不管不顾地冲过去，当她看到疾驰过来的那辆车时已经晚了，就在这一瞬间，一只胳膊抓住她，等她站稳时，看到那个拽她的人正以鸟的姿势飞到空中，然后落到不远处。人们纷纷围了过来，白小浅的脑子一片空白，眼睛直直盯着地上那个浸透了血的书包，那是许洋的。

病房里到处都是令人窒息的白，许洋的腿被打上了白色的石膏，像个笨拙的木偶，许洋的母亲在削苹果，而旁边坐的竟然是爸爸！

妈妈放下鲜花和水果，问候了许洋，然后三个大人便一起出去了。白小浅的心里想着爸爸，一个答案正慢慢浮出水面。

许洋咳了一声，说："你猜对了，你爸娶了我妈。"

父亲去世后，一开始，许洋还劝妈妈再嫁，一个女人过生活毕竟有些辛苦，可真的有了新爸爸后，他却无法接受了，心里充满了领地被侵犯的愤懑。可他无力改变，无法扭转，举办婚宴那天，他像小兽一样躲在被窝里哭了半夜。

一次偶然的机会，他得知新爸爸的女儿白小浅跟他同班，于是他便把所有愤懑和不满发泄到白小浅身上，捉弄她，挖苦她……虽然事后又后悔太不爷们儿了……

许洋不好意思地低着头，缓缓地诉说着。

白小浅深吸一口气问："那你干吗要救我？"许洋望向窗外想起了那个雨夜，他发高烧，朦胧中一直趴在一个宽厚温暖的背上。那汗味夹杂着烟草味的气息，是久违的父亲的气息，那一晚，他在心里接受了这个新爸爸。

许洋回过神，看着眼前的白小浅，笑了下说："救你是因为你笨呀。"白小浅气急败坏地打了他一拳。

这天妈妈熬了鸡汤让白小浅送到医院，刚走近病房，便听见屋里人声嘈杂，她悄悄踮起脚尖一看，屋里站着几个举着摄像机的记者，只见许洋遮着脸大声说："你们别拍了，我救她不算英雄，因为她是我妹！"白小浅心里一震，有种温暖如春阳般的感觉慢慢地在心底涌动升腾。

她趁人多悄悄地把鸡汤放在角落转身想走，谁知一个眼尖的记者一下发现了她，叫道："你就是许洋的妹妹吧？"别的记者也都围上来。白小浅涨红着脸说："谁，谁是他妹了！"

紧张的期中考试要开始了，白小浅连着几天都没去医院，有时她望着操场上打球的男生们也会想到许洋，猜测他现在在干吗，她好想告诉他，这段时间她想了好多好多，有时想着想着就笑了，有时又哭了，但想得更多是和爸爸在一块的欢乐时光。她想，她要放下了，大人们也有选择幸福的权利啊，爸爸不是她的布娃娃，可以一辈子霸占着的。

而这些，她为什么想到要和许洋说呢，其实有个哥哥不是从小就有的愿望吗？她的唇角不由得在微风中轻轻上扬起一个优美的弧度。

当她再次推开病房门时正是午后，许洋在睡觉，屋里静悄悄的只有钟表的嘀嗒声。

白小浅蹑手蹑脚地把这些天各科的课堂笔记放在床头柜上，许洋依旧睡得很熟，也许是因为疼痛，眉头微微拧成个川字。白小浅端详着他，忽然嘴边浮起一丝坏笑，她拿出笔，在许洋腿上的石膏上画了个挤眉弄眼的猪头。呆呆地想了一会儿，她又认真地写下一句话，然后才踮着脚尖掩门离去。

滑稽的猪头依然在傻傻地笑着，阳光暖暖地洒在旁边那一行稚拙的字上："哥哥，谢谢你。"

十一　变老的公主

关于母亲，从林靖记事起，就是个极度爱美的女人，她喜欢买衣服和化妆品，喜欢在爸爸面前撒娇，而爸爸也一直乐于被她指挥着干这干那，被娇宠的女人就像吸足了水分的玫瑰，每一刻都光彩照人。所以小时候的林靖，特别喜欢开家长会的时候让母亲参加，因为她总能为林靖挣足面子,林靖最爱听同学们说:"哇,这是你姐姐吗?好漂亮。"每当这时,她总是甩一下长发说:"是呀,看我们长得多像。"

她工作很忙,经常加班,不能送林靖去上学、去儿童乐园。时间久了,林靖小小的天平开始逐渐偏向了爸爸,林靖固执地认为,她喜欢工作大过喜欢林靖,林靖开始有意无意地疏远她,而她毫不察觉,仍旧逼着林靖在家学钢琴,练跳舞。寂寞的黄昏,大院里孩子们玩耍的喧闹声渐渐平息下来,林靖噘着嘴数着外面的飞鸟,赌气地把她桌上的化妆品都弄乱,不用猜,回来肯定又要听到她在爸爸面前抱怨,你看你闺女,又捣乱了。不知道从什么时候起,林靖一听到她对着爸爸撒娇就开始皱眉头。

慢慢地,林靖开始像棵三月的小苗,刷刷地往上蹿,一直蹿过她的头顶。她开始用一种新奇的眼光打量林靖,给林靖买来很多粉红的带荷叶边的小裙子,林靖把它们都统统塞进箱底,不管她的埋怨,倔强地穿上破洞牛仔裤。林靖把童年时若有若无的怨怼都酣畅淋漓地表现出来,现在的林靖再不是小孩,她长大了,有权拒绝这些柔媚的粉嘟嘟的衣物,拒绝再成为母亲的复制品。

于是,她愈优雅林靖愈粗俗,她愈温柔林靖愈倔强,林靖的性格在这漫长的青春期像一支离弦的箭一样,飞快地朝与她相反的方向飞去,这样的离经叛道,带给林靖一种莫名的快感。

她对林靖的行为万分无奈,有时会像不认识她似的上上下下打量一番,喃喃自语:"我怎么有这样一个女儿啊,假小子似的。"林靖小小的心里更是觉得她愈来愈不喜欢自己了,气质动人的她一直都受到众人的赞美,而林靖这个瘦小苍白、短头发的小女孩,站在她身边,简直像个灰姑娘,这样的林靖她怎么会喜欢呢。

还好上天没忘了赐予林靖一个优点——聪明。凭着这点小聪明和勤奋，林靖考上了北京的一所大学。第一次坐火车，林靖坚持要自己去学校报到，坚定而决绝，隔着车窗玻璃，她挥手让他们回去，暮色中的母亲挽着父亲的胳膊呆呆地站着，有种失神的落寞，风把她美丽的卷发吹得蓬乱。林靖赶紧使劲笑着挥挥手，扭过头来，眼泪却扑簌簌地直往下掉，打湿了胸前母亲强塞给自己的护身佛。

大学生活像巧克力糖一样甜蜜缤纷，昔日的丑小鸭渐渐长出了修长的颈，雪白的羽毛，直到有一天她揽镜自照，惊讶地发现了自己的动人。室友小楠翻着林靖的相册惊叫道："哇，这是你妈妈吗？好美，你们长得好像啊。"林靖一边梳头一边随意瞥了一眼相片，相片上的母亲优雅端庄地笑着，长长的裙摆使她看着像个公主。小楠还在不停地聒噪着，那尖亮的嗓音慢慢地变小了，周围的一切都暗淡了下去，只有母亲的笑在林靖的心里一荡一荡，这笑让林靖的心头开始涌上一丝内疚，每次都忘了打电话给她，都是她巴巴地打来，絮絮叨叨地问林靖的生活情况。

不过，刚上大学的欢欣激动很快便将这一丝浅浅的内疚挤到了九霄云外，青春应是鲜衣怒马的，而千里之外那个小小的家，在这浩大新鲜的新世界前显得宛如沧海一粟。

毕业了，林靖斩钉截铁地跟她说，自己要留在北京。她慢慢张开嘴，嘴唇翕动了两下，最终没有出声。其实林靖知道，母亲更希望她能回到家乡工作，陪在父母身边，可她就不，她的心早已被光阴雕刻成了一匹无人驯服的野马，背负着梦想驰骋于云端。

有天夜里林靖起来上厕所，听到母亲轻声对父亲说："女儿大了，终究是要离开我们的，就随她去吧。"林靖硬硬心，回屋里钻进被窝努力不去想刚才听到的那个疲惫而略显苍老的声音。

就这样，她离开了母亲，离开了家，林靖比以前更忙了，根本想不起给她打一个电话。终于，母亲还是忍不住，跟单位请了假跑来看林靖，而出差在外的父亲百般阻拦也挡不住她北上的脚步。

忙得像陀螺一样的林靖顾不上去车站接她，当她提着大包小包疲惫不堪地找到林靖的住处时，林靖还在公司加班，没办法，自己是新人，只有加倍努力。而这些，林靖懒得跟她说，况且林靖心里总有个自私的念头：她是母亲，什么都会包容自己。

等林靖回到住处，竟看到她涨红着脸在跟房东争吵，林靖愣在了那儿，记忆中的她一向温文尔雅，从不与人争执，而眼前的她，瞪圆了眼，双臂抱在胸前激动地大声争辩着。林靖忽然一阵心酸，冲上前一把把她拉走。她一看到林靖，满脸羞赧，但仍然喃喃道："她怎么可以这样说你，这人怎么这样？"林靖咬着牙不说话，忍住眼泪不掉下来，她竟然为了自己跟说话尖刻的女房东争吵了半天，风度尽失，并饱受羞辱。林靖扭过头背对着她说："妈，你别说了，我饿了。"她忙不迭地站起身，从包里掏出一样样林靖爱吃的家乡特产，一边絮絮地唠叨着，林靖不敢转过头，因为眼泪已肆虐了一脸。

春天，林靖认识了浩然，沙尘暴使他们都戴上了口罩，但不能阻挡他们隔着口罩热烈地谈恋爱，林靖对母亲说要带他回家，母亲在电话里高兴地连声应诺。那天，她和父亲远远地在车站等着，仍然是那袭她最爱的绛紫天鹅绒连衣裙，不同的是长发高高挽起。浩然偷偷跟林靖说："嘿，阿姨真有气质。"

浩然离开后，林靖问她："怎么样，够优秀吧？"她沉吟半晌说：

"我看，这孩子是不错，但不太靠得住。"林靖不高兴地说："他哪点不好了？难道人家说话幽默就是靠不住吗？"她答非所问地说："我看你朱伯伯家的儿子不错，踏实肯干，人实在。"林靖撇撇嘴："那个呆子！我才不会嫁给他，我不会像你一样，嫁一个父亲这样的男人。"她脸上浮上一层愠色，但随即平静地说："嫁给你爸爸，是我这辈子最正确的选择。"林靖在心里撇撇嘴，扭身回屋。

那时的林靖，如一枚半熟的青绿芒果，年轻气盛，直到被爱情伤得千疮百孔，才肯失声痛哭，承认爱上浩然是自己最大的错误。凌晨三四点钟的北京，天空已现出一丝极浅的灰白，像人随意涂抹的素描，无数高楼在薄雾中静默地矗立，林靖站在窗前忽然很想给她打个电话。"妈……"刚出声鼻子就酸了，林靖捂住嘴，无声地抽泣起来。她在电话那头沉默了半晌说："回来吧，妞妞，妈想你。"

林靖辞去了这份工作，烧掉所有跟浩然有关的东西，义无反顾地踏上回家的列车，心里盛满了对她的思念，而那个爱意融融的小家，如一盏橘黄色的灯，指引着林靖一路向南。

夏天的车站，她穿着素白的套装，站在高大的父亲身边，端庄地笑着，恍惚让林靖感觉她还是多年前那个漂亮优雅、十指不沾阳春水的妈妈。平生第一次林靖跑过去抱住了她，用林靖所有的诚意来表达这么多年对她的疏忽和不敬。她显然很惊讶，激动得身子微微发颤，受宠若惊地说："唉，这，这孩子……"伏在她温热的颈窝，林靖忽然发现她老了，脖颈处纵横生着几道深深的皱纹，昔日白皙光滑的皮肤也松弛暗淡，盘起来的头发里竟然有掩不住的根根银丝。

等林靖愣怔过来，她已跟父亲提着行李往出站口走去，那个沉重的大包把她的腰压得很弯很弯。林靖想，是什么改变了母亲，将她由一个优雅娇弱的女子变成一个能抗重物能吵架、琐碎而唠叨的庸常妇人？林靖不知道，因为她自以为翅膀长硬了，很早便迫不及待地飞离母亲的温巢，对于母亲的变化，她不是一个见证人，也根本没有注意过。

也许，在林靖第一次离家求学的时候，彻夜难眠的她长出第一根白发，在林靖第一次坚持自己的选择在外地奔波的时候，心疼牵挂的她被岁月刻出第一条皱纹，在林靖第一次为看走眼的爱情痛哭的时候，担心难过的她长出第一块老年斑，她的衰老渗透在林靖蓬勃生长的青春点滴里，成为最好的养料，滋润了林靖的葱茏。只因为林靖是她的女儿，她生命的延续。而她，正在悄无声息地衰老。

爸爸扛着行李箱走在前面，她费力地提着行李袋招呼林靖快赶上，林靖的眼睛渐渐湿润了，朦胧中，她那弓着的背上分明压着沉沉的东西，那是世间最伟大的母爱。

十二　父爱串起的时光碎片

　　3岁那年，她还是个懵懂无知的黄毛小丫，每天最开心的事就是在门口等着父亲下班，父亲进门时总会一把抱起她，用胡茬轻轻扎她的脸，她就会尖叫着笑着躲避，狭小的屋子很快就盛满了欢声笑语。有时，父亲不忙的时候会送她去幼儿园，她坐在高高的飞鸽牌自行车车梁上，坐在父亲温暖的怀抱里，一路咿咿呀呀地唱着不成调的歌，父亲总是微笑着，偶尔会陪她一起唱"小燕子，穿花衣，年年春天来这里……"那条通往幼儿园的路种满了梧桐，童年的回忆就氤氲在这一片清淡的桐花香气里，温馨甜蜜。

　　记得有次邻居家的小玲神秘兮兮地对她说："别看你爸现在对你好，以后你有了小弟弟后，他就只疼你弟弟了。"她坐在黄昏的凉风中等着父亲下班，泪眼婆娑地问："我有小弟弟后，你就不喜欢我了是吗？"父亲愣了半晌，擦着她的泪很郑重地说："爸爸妈妈以后不要小弟弟了，只疼你一个。"她破涕为笑，小小的心踏实而温暖。

　　16岁那年，她每天都是一副乖乖女的样子，垂着马尾、白衫蓝裤，可心里不知何时有了惊涛骇浪,青春滚烫的热血在身体里奔突,仿佛总想找个宣泄口,学习成绩也忽高忽低,她变得叛逆而任性,对父母再也没有撒娇依赖,更多的则是厌烦和顶撞。

很多次,父亲一脸担忧地说想和她谈谈话,她总是不耐烦地拒绝了。有次晚自习,学校停电提前放学,她刚推开屋门,只见父亲一脸慌张地从书桌前站起身,手上还没来得及合住的是她的日记本!封面那神秘个性的紫色就像道凝血的伤口一样刺痛了她的眼睛,她愤怒地冲上去一把夺过来狠狠地撕了起来,一边撕一边大哭,妈妈闻声赶来,一把抱住气极了的她。她大叫着:"这个家待不下去了,没一点隐私,我要离家出走!"其实,这是她很早的想法了吧,只身去一个陌生的环境,听不一样的口音,看不一样的风景,那是年少轻狂时自认为最酷的想法。

泪光朦胧中,父亲满脸的自责和忧伤。她趴在书桌上哭,哭着哭着就睡着了,醒来时身上披着毛毯,阳光洒满了安静的屋子,父亲黑着眼圈坐在沙发上,满地都是狼藉的烟头,他嘶哑着声音说:"怕你出走,所以我就守在这,囡囡,爸爸只是想多了解你,对不起。"她的泪又涌了出来,但这次是愧疚的泪。

21岁的时候,她已是一名大四的学生,很快被卷入找工作的大潮中,但她毫不慌乱,自信满满,因为她比其他同学多出的是这4年来发表的一大沓样刊报纸。而只有她知道,这4年来父亲为了让她有更多的时间学习读书写作,就承担起编辑投稿这种烦琐的事,并早在她找工作之前就将她的所有文章标上发表日期、发表报刊名称,整整齐齐粘贴在一个大本子上。她拿着这个盛满父爱的本子自信昂扬地参加一个又一个招聘会,最终找到了心仪的工作。

春节她回到家，父亲正坐在电脑前修改编辑自己的一篇新作，她悄悄地站在他身后，想像小时候经常做的那样蒙住他的眼，可忽然，她愣住了，她发现父亲正在用一根手指敲击键盘。半晌她才醒悟过来，是啊，父亲从没学过打字等电脑知识，他会的也只有"一指禅"啊。她又想起母亲说过父亲现在总是睡得很晚，要为她的文章投稿，还要在文学论坛上帮她的帖子回帖，而粗心的她从没有考虑到，父亲是在用一根指头来完成这些烦琐的事，她无法想象已年过半百且体弱多病的父亲是怎样忍着腰痛、胳膊痛用手指敲击着键盘，一个字一个字吃力地"拼凑"着。夕阳的余晖穿窗而过，洒在父亲斑白的头发和佝偻瘦弱的肩上，她只觉得一阵阵心酸，千言万语涌上心头却说不出来。

26岁那年她谈了男朋友，第一次带到家中，母亲高兴地张罗着饭菜，父亲却一脸冷漠。送走男友，她忐忑不安地询问父亲的意见，父亲叹口气说："你看他长得那样儿，眼小得像绿豆，身子瘦得像排骨，若遇到坏人，不知道是他保护你还是你保护他！"她不禁哑然失笑，开玩笑道："爸，我都快成剩女了，您还挑三拣四啊，您以为您女儿是人民币，人人都喜欢啊？"父亲突然变了脸色，愤愤道："他就是配不上你！你这么急着想结婚干吗？急着离开这个家啊？"说完起身离去，她呆呆地立了半晌，满腹委屈，走过去却听见父亲悄悄对母亲说："囡囡从没给咱们夹过菜，你看刚才给那小子夹菜的热乎劲儿，唉。""计较这干吗啊，哪有女儿不出嫁，你还想留她一辈子啊。"父亲叹口气说："我也明白这理，可一想到她要嫁走，心里还是不好受……"一缕酸意蔓延到鼻腔里，她扶着墙蹲了下来，对面挂的是全家福，那笑意洋溢的照片慢慢模糊成一片。

龙应台说过：所谓父女母子一场，只不过意味着，你和他的缘分就是今生今世不断地在目送他的背影渐行渐远。她很清楚，父亲一直都是那个目送着她的人，在她的人生中从不缺席，一直陪伴，只是她从不在意而已。而这份沉重到无以回报的父爱在岁月中随处可拾，随意串起几个瞬间，便是一生如沐春阳般的温暖。

十三　血浓于水

薛晴是个敢爱敢恨的重庆姑娘，在遇见他之前，她一直在这个山城过着简单安静的生活，后来她爱上了他，这个比她大10岁的男人。爱屋及乌，她也爱他那瘦小叛逆的女儿。

但是，婚后自从薛晴踏入这个家，小女孩的脸就没晴过，说话也是夹枪带棒，薛晴满腹委屈都被胸中的母爱淹没，给女孩买最流行的衣服，最漂亮的布娃娃，每个周末都手忙脚乱地为女孩做一大桌丰盛的饭菜。薛晴只知道男人的前妻病重去世，女孩夜夜流着泪抱着母亲的照片睡着，她总是在夜里偷偷去给女孩掖掖被角，看着女孩带着泪痕的脸心疼不已。

女孩却始终认为，她就像童话《白雪公主》里的皇后，看上去和善，内心却是叵测的。有一天，薛晴下班回家，刚出公司大门，就见小女孩穿着单薄的衣衫站在冷风中等她，她心头一暖刚想说话，谁知女孩忽然大声喊道："阿姨，别再缠着我爸爸了！"当时正是下班时候，门口都是往外走的同事，女孩说完就跑了，同事们都用怪异的目光看着她窃窃私语，留下她傻傻地愣在那儿，脸上就像被人狠狠打了几个耳光一般滚烫。

但这个没娘的孩子不管怎样倔强冷漠，都无法浇灭薛晴心中疼惜爱怜的火苗，她依旧对她好，一如既往。可女孩始终没对薛晴笑过，更没喊过一声妈。

这天，女孩回家对男人说："明天要开家长会。"男人为难道："明天我要出差，你跟老师解释下。"女孩脸上写满的失落使薛晴心有不忍，于是冲口而出："我去吧！"女孩盯着薛晴，冷冷地说："你算什么？跟我又没有血缘关系。"薛晴愣住了，心像被丢进了寒冬腊月里，寸寸成冰。男人看不过去，狠狠地斥责了女孩，女孩哭着大叫："我就知道你会对我不好的！我就知道有这么一天……"说着夺门而出，冲进无边的夜色中。

薛晴慌得披上外套就和男人往外跑，女孩正像只愤怒的小牛在车水马龙的大街左冲右撞，薛晴还没来得及喊就听见"吱"一声刺耳的刹车声，女孩像只蝴蝶一样软软地飞向空中又落了下来。

男人撕心裂肺地喊着扑上前去，薛晴的双腿好像不听使唤了，地上那滩刺目的鲜血仿佛蔓延了一天一地，蔓延了薛晴的整个心房……

薛晴和男人静默地守在重症监护室外，一会儿，护士出来说："谁是病人家属？孩子需要输大量的血。"男人愣住了，女孩跟前妻一样是O型血，而自己是A型血。

薛晴捋起袖子平静地说："我是O型，我来。"她没有告诉男人，她其实一直贫血。

小女孩的神智一会儿清醒一会儿模糊，但朦胧中，能感到有双手一直紧紧握着自己的手，这种久违的温暖让女孩感到心安，勉强睁开眼，身边是她。薛晴笑着对女孩说："现在我的血在你的身体里流动，我们有血缘关系了吧？"

女孩看着薛晴苍白憔悴的脸和胳膊上的针眼，鼻子忽然一酸，叫了声："妈……"薛晴泪如雨下，紧紧握着女孩瘦弱的小手。

她最终以滚烫的热血为桥，以善良的爱心为灯，一步步走进小女孩紧闭的心门，延续了女孩的锦绣年华。她始终相信，爱是最温柔也是最坚硬的一道光，它可以穿透年龄、血缘、身份等一切障碍，能直抵人心最柔软的地方。

十四　母爱是一场轮回

　　泽兰一直是个任性的人，恋爱时，会因赌气冒着大雨倔强地在街心公园立一个时辰。结婚了，嫁为人妇，脾气还是没有收敛，想说什么话，就绝不会憋在心里，想做什么事，就一定要去做，九头牛十匹马都拉不回来。

　　朋友们都说泽兰是个被宠坏的孩子，泽兰是独生女，虽说小门小户的，但却是父母的掌中宝，从小被捧在手心。长大了又遇到个爱她的男人，不管她要什么，那个温厚的男人也绝不会皱一下眉头。她就这样幸福地一直任性下去，生活得恣意随性。本以为，这一生都会这样顺心顺意了，谁知道半路里杀出个"克星"来，让泽兰手足无措，无可奈何。

　　泽兰怀孕了，生下个8斤重的大胖小子。从那以后，丈夫的心思仿佛被那婴儿的雪柔小手牵着，悄无声息地便挪了地儿。手机屏幕上不再是泽兰巧笑嫣然的玉照，而是儿子流着口水的傻样，男人不再会容忍泽兰的坏脾气，有时甚至会埋怨她吵醒了宝宝。而泽兰，竟然不会为此而生气，夜深露浓,她看着身边甜睡的小天使,心里满是柔柔的暖暖的情愫,她想,也许这就是母爱吧。

小孩子成长的速度是惊人的,如同浇足了水的禾苗,噌噌地往上长,转眼间,孩子已经两岁了,会奶声奶气地喊爸爸妈妈,会尖叫着满地打滚。泽兰也被时光打磨得棱角圆润,脸上很少再见到任性不羁的神情,更多的是被温柔慈爱的光辉笼罩。难道生养孩子可以让人成长吗,总之她想起曾经在父母面前的任性,便是满满的悔恨。泽兰觉得自己终于从孩子过渡为成人了,因为,她也有了孩子。

那天,孩子发高烧,泽兰抱着小小的他,贴着那滚烫的软软的小身躯,彻夜难眠。医院里人满为患,没有床位,她便一直抱着孩子在冰冷坚硬的椅子上坐了一夜。很多次,浓浓的睡意向她袭来,像一面墙一样想将她砸倒,可是她强迫自己睁开生涩的眼,使劲盯着那一滴一滴往下滴的输液瓶。丈夫劝她去睡,他来看着,可泽兰不愿,她怕他睡得太熟错过了拔针。当孩子有病时,她成了最操心的人,事事都要亲力亲为,不管谁插手都不放心。

终于熬到天亮,丈夫打了个呵欠醒来,替泽兰接过孩子,她才发现,胳膊和腿脚都已麻木,一动也不能动。丈夫问,想吃点什么饭?我去买。泽兰摇摇头,头疼欲裂的时候又怎能吃下外面小摊上那些油腻的包子油条呢?

正在这时,楼道上响起了急促的脚步声。"囡囡,囡囡,妈把饭给你送来了。"原来是母亲,提着家里那个老旧的保温桶,踩着晨曦匆匆赶来,背后是那初升的万丈霞光,烘托得白发苍苍的母亲格外温暖慈祥。揭开盖,是她最爱的清淡醇香的汤,泽兰故作夸张地使劲吸了下鼻子,说:

"还是妈妈好。"抬头间,却忽然发现微笑的母亲眼里布满了红血丝,旁边的父亲嗔道:"你妈为了你啊,一夜没睡好,一直惦记着早点起来给你炖汤补补,怕你这几天劳累坏了。"她捧着碗咕咕咚咚大口地喝着,只是为了让那氤氲的热气遮住想要落泪的眼。

在泽兰心里,孩子是自己的一切,是自己愿意为之付出所有心血和精力的小东西,胸中充盈的母爱可以改变她的脾性、喜好,让她脱胎换骨、坚强成熟。而对于母亲,泽兰是母亲的一切,哪怕她结婚生子,已为人母,哪怕她白发苍苍,也依旧是母亲心里的宝贝。

这一切都因为,母爱是一场生生世世的轮回啊。

第五篇

不忘初心，与自己握手言和

今夜，在亘古不变的山间清风和波上明月的见证下，我完成了一次和心灵的对话。

一　聆听心底的声音

我们沿着湖散步，我看到月光渐渐湿了来时的路，路上散落着我们说过的只言片语，那些青春而单纯的思想在夜色中闪烁着碎钻般的光。好久未遇到如此迷人的月色，无边的温柔，荡起我眼中层层的雾。

一个人与湖相对时，最能知内心的深浅。静观湖，湖观心，那些纷纷扬扬的愁思都像羽毛般在月色中无足轻重。月光披了一肩，远处还有人在吹笛，笛音百转千回，最终也渐趋于无。

你说，认真听，你能听到自己内心的声音。

我相信你，闭上眼，鸟鸣、虫唱、风吟、笛声各种天籁深处，仿佛还存一丝细微的声音，那是心在跟着光阴的脚步轻轻跳动。

我听见了，心在浅唱低吟，它为拥有很多美好的梦而欢乐，它将这些精致而易碎的梦悉心收好，稳妥安放，然后守着它们哼唱。纷繁的尘世中，有了梦，才有希望，才有激情去努力，去奋斗，我听见心对我说，没有梦想的人生就像一潭不曾流动的湖水，死气沉沉。

我还听见了，心在呻吟，长一声短一声，如暮秋时风吹过干枯的白桦林的声音。它为背负的压力而难以前行，来自工作、考试、家庭各方面的诸多因素将心挤成柔小的一团。陶潜说过，"不以心为形役"。那是多么美好的理想，可像我这样的俗人却做不到采菊南山下般的潇洒出尘，而是一而再，再而三地让心被束缚，也许太多压力只是我自己亲手编织，如同憨痴的蚕作茧自缚，如同戴着枷锁跳舞。

　　心也有幸福的时候，一句温情的话，一声真诚的问候都能像春风般让它瞬间开遍馨香的花朵，我能听到心细细的笑声，因为它拥有满怀的爱，家人的爱，朋友的爱，陌生人的爱，那是世间最美的情感，它可以让清水人生甜如饴蜜，不再寡淡。不过它更幸福的是施予他人爱，关爱家人、朋友、陌生人，甚至一条流浪的狗，春阳般温煦的慈悲和善意一直普照整个心田，让它永远温软如昔。

　　我还听到心在低泣，在控诉我把太多负面情绪塞给它，让它不得不扔下天光云影、风飞雪舞的美好，不得不放弃生活罅隙中随处可拾的米粒之幸福，而腾出空间给可能几年后就会被忘却的琐屑烦恼。很多不期而遇的伤害在本能地以它最快的速度愈合，却被我刻意地放大，大到慢慢膨胀占据整个内心，心浸透在这些坏情绪中，难过得忘了前路还有很多欢声笑语等着它去填满。我仿佛听见它说，放过自己，让我歇歇吧。

　　遥遥地，听到你在耳畔说，听到了吗，心的声音？我扭过头，一颗夜雾结成的珍珠在你的睫毛上扑闪跳动。我恍如梦醒，月光依旧，湖依旧，不同的是我已不是来时的我了，我听到了来自心灵深处的声音。

　　在今夜，在亘古不变的山间清风和明月映湖的见证下，我完成了和心的一次最深刻的谈话。

二　裙裾飘飘的日子

午后的空气沉沉，阁楼窗口外斜伸的一枝杏花好像也慵懒地睡去了，我百无聊赖，忽然瞥见角落那个落满灰尘的雕花檀木箱，乌沉沉地缩成一团阴影，像个藏着满怀秘密的老人，那是妈妈出嫁时带来的。

走近它，竟然没上锁，里面除了一床床大红的锦被，还有几件衣服，我在阳光里抖开来看，是一条条裙子，白棉布的、卡其色的、格纹的……有一条很特殊，时光将它漂得泛黄，上面的花样都模糊不清，显然是穿的次数最多的裙子，也一定是妈妈最喜爱的裙子，我忽然觉得眼熟，仔细回想，是爸妈结婚照上妈妈穿的那条裙子。

"囡囡，干吗呢？"不知何时，妈妈也上了阁楼。

"妈，原来你这么多裙子啊？"

妈妈看到那些旧裙子，怔了一怔，慢慢地唇角凝成一朵微笑，她出神地看着它们，轻轻抚摸着，像是怕惊醒一个美丽的梦。尘封的往事穿过岁月的风尘，随着妈妈的娓娓道来开始醒转。

那条最旧的裙子是爸爸送给妈妈的，那时流行一种叫"的确良"的布料，软软的，凉凉的，夏天穿上腋下生风，比棉布要凉快得多，的确是"的确良"。这条裙子的料子就是"的确良"，粉白的底子上开着朵朵恣肆绽放的蔷薇，娇羞默默同谁诉，那些意态美丽的花朵很适合年轻时文静秀气的妈妈。妈妈就穿着这条裙子走过了人生最美好的光阴，她很爱惜它，稍有些脏就仔细洗好挂起来，第二天继续穿，一直穿到和爸爸去领结婚证。

还有条咖啡色底子乳白色方格纹的裙子，是妈妈当老师的第一年买的。那时班上有个出了名的捣蛋鬼，他整天骂人打架上课捣乱，再厉害的老师都"降"不住他。那时的妈妈个子娇小，站在讲台上看着跟学生一样大，那天她穿了这条稍显成熟的裙子去上课，努力想摆出一副师长的架势，可在那个男孩面前却有些底气不足。回到家竟发现裙子上有个黑色钢笔画的大大的"×"，妈妈又气又窘，不用想就知道这是那个捣蛋鬼干的，她的眼泪不由得在眼眶里打转，这可是花了不少工资买的啊。她一怒之下到男孩家里准备找家长告状，当看到男孩的母亲时，她愣住了，那是个瘫痪在床的女人，只有眼珠能动，连话都说不周全，男孩正在给女人擦洗脸，一见妈妈紧张得脸通红。妈妈没说一句话，默默地为他们做好晚饭就离开了。她暗想生长在这样艰辛的缺乏温暖的家庭里，男孩是多么需要关心啊，她把想法付诸行动。后来男孩再也不捣乱了，对谁都彬彬有礼，就像变了个人。那条咖啡色方格的毛呢裙让妈妈懂得了每个人心里都睡着一个天使，只有爱可以让它醒来。

还有条白棉布的裙子，绣着小朵小朵淡黄色的兰花，那是外婆送给妈妈的生日礼物。外婆是个大家闺秀，饱读诗书，一生最喜白色，她说白色是众色之本，是最纯洁、最本真的颜色，她去世时头发梳得一丝不乱，穿着优雅的墨绿色旗袍躺在床上，就像睡着了一般。妈妈穿着这件白棉布的裙子走过一个又一个雨润烟浓的夏天，她走在小巷里，风穿行在指间，棉布裙摆扑打着光裸的小腿，那柔软熨帖的感觉就像依偎在外婆的胸前。外婆的话仿佛悠悠地回荡在耳边："做人要干干净净，高尚纯洁，就像这白色。"

我的灵魂仿佛已出窍，在那些浸透了妈妈气息和情感的裙子间穿梭，在段段旧时光里穿梭，妈妈的声音像雾气一样在遥远的地方浮浮沉沉，"女孩子，还是要有一条自己的裙子的。"

母亲的往昔我无法参与，我能做到的，就是心怀芬芳走过以后的每一季。也许在未来老去的某一天，我也可以在阳光下飞舞的尘埃里晾晒那些旧衣，回想起自己拥有的裙裾飘飘的青春，唇边或许也有微笑一朵。

三　奋斗的日子不枯萎

这一周收到不少朋友的抱怨，简直可称为"烦恼周"了。在机关单位工作的好友说："烦死了，每天做不完的工作。"在学校读研究生的闺密说："刚过开题报告就要忙着写论文，整天忙得焦头烂额。"

对于她们的抱怨，我往往无言以对，我能安慰她们什么呢，自己不也常常抱怨奋斗的不易，羡慕那些生来就身家数亿的世家子弟？"心无物欲乾坤静，坐有诗书便是仙"，越来越成为我心头一个遥不可及的梦。一次朋友聚会，有人问我："幸福究竟是什么？"我不禁脱口而出："睡觉睡到自然醒，数钱数到手抽筋。"是啊，我一直认为幸福就是可以过上没有奋斗，不劳而获的生活。

偶然间，报纸上的一篇报道改变了我对幸福的看法，在南太平洋有一个美丽富饶的岛国——瑙鲁，岛上的居民们无须工作，一切费用皆由政府包揽，每人每年还能享受到政府发放的35万美元的零用钱。岛民们过着极其奢华的生活，现代家具一应俱全，外出时驾驶着豪华越野车，家里还雇有外国仆人……然而，就是在这样一个近似天堂的岛国里，高血压、心脏病、脑中风的发病率为世界之最，该岛只有1.3%的人能活到60岁，是世界上人均寿命最短的国家。

聪明如你，看到此，是否会很自然地想到那句话：生命在于奋斗。的确，每个人都犹如一台庞大的机器，大脑和四肢都要经常运动才可保持它的灵敏性。而人生犹如走一条长长的路，上帝高坐云端，公平地为我们每个人的路上布下荆棘和鲜花，在你采到鲜花的一刹那才会感触到披荆斩棘后的喜悦，这样的成功才会甘如饴蜜。

有个故事，科学家把青蛙放进常温的水里，慢慢地将水加热，青蛙虽然隐约感觉到外界温度在变化，却没有往外跳，看上去仍显得若无其事，随着水温的上升，它变得愈来愈虚弱，竟然在不知不觉中被煮熟了。

的确，如果整日沉溺于对安逸的向往，任惰性日渐滋长，我们就会像温水中的青蛙一样坐等人生之花慢慢枯萎。

如果丧失了对学习对工作的热情，我们可能会愈发感受到空虚和无聊，生命将不复轻盈，幸福的感觉也就悄然隐退。

相反，如果我们少些抱怨，用积极的心态去努力奋斗，用辛勤的汗水去洗清蒙尘的心灵，去灌溉那颗梦想的种子，那么，它就会回报我们以最娇艳的花朵。

四 接受自己的不完美

有天逛商场，遇到一个曾经教过的学生徐露，她正站在一个柜台后，不遗余力地向顾客推销着商品。我远远看着她，心中满是疑惑，当年她可是以全校第一的成绩考入了一所名牌大学，想想现在也应该是大学毕业两三年了，怎么会在这个小商场卖东西呢？

后来从别的学生那儿得知，徐露的大学并没有念完，她得了严重的抑郁症，甚至到了几欲轻生的地步，没办法学校只好劝其退学。这几年，她的抑郁症好了些，就在商场里卖东西。而悲剧的起因就是她那苛求完美的性格，她以这样的心气考入名校，占尽了风光，听尽他人的溢美之词，因此，她觉得自己应该是完美的，最优秀的。但慢慢地，她开始挑剔自己，尤其是无法忍受自己天生的狐臭，她整天郁郁寡欢，久而久之便患上了抑郁症。

我大为震惊，她曾经是那样一个阳光聪慧的女孩。而身边，这样追求完美的人还少吗？我们每个人都曾为自己的不完美烦恼过，如果个子再高一些就好了，如果性格再活泼点就好了，如果胆子再大些就好了……我们总是活在这样自我否定、患得患失的情绪中，无形中造成了这些缺点被放大，大到掩盖了我们的优点。人也越来越缺乏自信，做事畏首畏尾。

记得有个哲学家曾讲过这样一个故事：有一个圆，它有一个小缺口，为了弥补自己的缺口，它每天慢慢滚动，经过森林，与大树一起听风声；经过河边，与流水一起欢歌。终于有一天，它找回了丢失的那一块缺口，于是就快速滚动起来。却发现，林梢风声、流水欢歌都离自己远了，曾经的美丽成了匆匆一瞥。

是啊，因为缺憾，反而会有更丰富的人生历程。任何人都不可能完美，人生本是一趟匆匆的旅程，这一路上你不可能一直收获鲜花满怀，也会有失望遗憾。看淡那些不完美，努力去克服它，每个缺点的背后都是回赠给你的礼物，就像个子低的人更容易给人娇小玲珑的感觉，内向的人更容易静下心去做事情，胆子小的人比爱冒险的人更容易躲避风险。就看你有没有拭亮心灵，接纳全部的自己，也许有天那些不完美都转化成你身上最闪亮的地方。

别对自己太苛求，那样只会让心灵负重，让你匍匐难行。接受自己的不完美，爱上不完美的自己，知道自己的价值，懂得珍惜自己。要知道，经历过失败后的成功，克服弱点重塑自我后的欣喜才会让人如饮甘醴，这可是那些完美无法给予你的。

五　没人有权利左右你的幸福

你早上起床晚了，慌慌张张地挤进地铁，刚坐稳不久，便闻到一股韭菜包子的怪味，挥之不去，萦绕不散，显然有人在吃包子。忍耐了一路，你的心情已被这个黑暗的早晨破坏殆尽。来到公司，因为迟到了两分钟，上司阴沉着一张脸把你叫过去，"啪"地把一摞纸页摔到你面前，责问你的方案为何设计得漏洞百出。你想起完成这个方案的时候刚跟男朋友分手，失恋的脑子怎会灵光？听完责骂，灰头土脸地坐到位子上，才听到空空的肚子在抗议，闻到旁边同事手里三明治的香味，忽然觉得人间美味不过如此，眼馋得直冒火。忙碌了一天回到家，却发现停电了，你坐在一大团黑暗中不禁悲从中来。偏偏有个朋友发来一句不合时宜的问候："你还好吗？过得幸福吗？"你苦笑，毫不犹豫地回信："不！"

你觉得自己的幸福正在被一寸一寸凌迟，被那沙丁鱼罐头般的地铁公车、被苛刻严厉的上司、被自私无情的男友，还有被这生活中无数突如其来的意外所扼杀。你忽然格外想念小时候，那些无忧无虑、只有自由玩乐的童年就像一串串水晶珠，纯净、清透，在岁月里流转着熠熠的光彩，映得当下的生活就像大火烧过的荒野，芜杂一片。

但是，且慢！先收回那个否定的回答，好好想想。

假设时光倒流，回到这一天的初始，你不再沉溺于温软的棉被中，提前半个小时起床，迈着从容的步子走进地铁门，也许你还会遇到拿着韭菜包子的人，别生气，你要知道，你的愉悦感来自你的内心，当眼前的一切侵犯到你的权益，让你变得不快乐，你就要大声地说出来，告诉那个人，这是公众场合，请你注意些。或者拿出耳机戴上，让自己沉浸在空灵的音乐中。你无法左右别人的行为，但你可以左右自己，让自己远离那些不快乐的因素，让胸中的憋闷得到释放。

离上班时间还有段距离，你可以不疾不徐地走进楼下的早点铺，点上一杯香醇的豆浆，买一份你最喜欢的煎饼果子，鲜香温暖的食物填饱了肚子，幸福感也油然而生。然后走进公司，微笑着和每一个遇到的人打招呼，也同样收获他人脸上绽放的善意和温暖，然后神清气爽地坐在案头，认真地做好每一项上司交付的工作。不要去纠结于那些已失去的，也不要念念不忘那些想得到的，你应该明白，努力让自己每天都活在最好的状态里，这样的你才能一步步接近你想要的，而那些失去的注定不属于你，过去的就放它过去，这才是生活的智者。

还有那些未知的意外怎么办？如果有人撞倒了你手中搬的资料，别急着怒目相向，宽容地笑笑。如果有人误解了你，对你口出恶言，别忙着争辩，时间是最公平的裁决者。你要知道，情绪被这些微不足道的小事左右，是最愚蠢的行为。如果想看电视的晚上刚好停电，别急着沮丧，买了好久的漂亮烛台终于可以派上用场，点起几枝香薰蜡烛，开上一瓶红酒，让眼睛和心灵一起休憩，你反而会收获别样的愉悦。

看吧，没有人能左右你的幸福，所谓的幸福，必须由你自己将智慧、勇气、乐观、宽容等种子播进心之原野，辛勤劳作，清除那些负面情绪和心灵的杂草，善于发现生活中那些闪亮的小幸福、小温暖，总有一天，你会发现心之原野早已是草长莺飞、花香缱绻。

六　简单之美，禅意清芬

近日手上事情不多，便静坐读读旧书，重读了一遍张岱的《陶庵梦忆》，依然觉得余香萦绕，回味无穷，忍不住又翻出好几本明清小品文，在每日暮色苍茫之际感受这不同于白话文的清淡隽永，忽然之间，心竟被这样的美感动得一塌糊涂。

文言之美，美在简洁精炼，不必絮叨太多，一字足以传神，简中自有洞天，简中自有真味，简洁的文字间是芬芳的诗情四溢。

读这样的文字，人整个便清澈澄净起来，忽然想到，若将这种简单之美用于生活又将怎样？

于是决定了，先从饮食入手，将烤鸭、烧鸡、腊肠类的东西清出冰箱，每天放些青翠的黄瓜、鲜红的西红柿、碧绿的西芹等鲜蔬瓜果，让肠胃远离荤腥油腻的负担，让饮食尽量的清淡简单，几日素食下来，竟觉得神清气爽，浑身通泰。

将杂乱的书柜收拾整齐，扔掉一些旧日书信，不给自己沉湎于往事的机会，将那些哀怨忧郁的小情小调跟这些书信一起折起，扔进垃圾袋，将家中久置未用的旧物、旧衣统统打包，该送的送，该扔的扔，留一个清爽洁净的屋子，看着就心生欢喜。而我们的心房也该适时地进行整理了，扔掉负面的情绪，只留积极快乐的人生态度。况且旧的事物上总缠绕太多回忆的影子，不抛下这些包袱又怎能轻装上阵，开始新的征程？

每日坚持骑单车去上班，呼吸着清晨薄荷糖般清凉的空气，看着路边草坪里零星绽放的小花，对生活莫名地就添了许多感谢和热爱。当再次坐在办公桌前时便可以从容应对忙乱无序的工作，将一切删繁就简，不去费力思考什么捷径，一步步踏实地干，沉稳勤恳地慢慢接近目标，忽然发现，目标并不遥远。对同事、朋友都少一些猜忌，用简单的心去面对他们，人际关系就会变得简单起来。

简单地生活，不去考虑太多未知的事，不去执着于那些解不开的心结，因为岁月自有它的答案。不贪念不属于自己的东西，每天留些时间去静坐冥想，与心做最深层的交流，让欲望少一些再少一些，与其处心积虑地去谋求，还不如安心享受手中已握的小幸福。要知道，世间最容易有幸福感的人往往有颗容易满足的简单之心。这样的心不会凌乱彷徨，它只会看到事物的本真而看不到那些纷繁的杂念。就像一片无垠的水域，只立着一座灯塔，所有的船只都不会迷路，都可以归家。

这样的极简生活有时会令我想起美国的阿米西人，据说他们是生活在宾夕法尼亚州某郡的一群崇尚极简主义的"土人"。他们抗拒文明社会的物质合成,安然受用着自然的天成,点油灯,坐马车,日出而作,日落而息。在这样科技高速发展的现代社会,要过这种完全不依赖文明的原始简单生活难度太大,我们能做到的就是放弃对物质的孜孜以求,抛却心中太多的欲望,放下俗世种种羁绊,一切自然会清朗如镜,通透如月。

其实这才是最上等的生活,返璞归真所得到的便是如文言文般的隽永清淡,还含着一丝禅意的清芬,这样的生活如同嚼橄榄,越品越有味。

就这样简单地活着吧,整个人轻盈得想要飞升。

七　乌云是为了让你为光明欢呼

她小口小口吃着饼,妹妹走来,眼馋地看着。她笑了,小心翼翼地把饼掰开。突然,一阵尖锐的疼痛在身体里蔓延。饼随着她的惨叫掉在地上,在泥土中挣扎着滚了又滚,她知道,自己又骨折了。

她叫魏瑞红,是个患了脆骨症的易碎的"瓷娃娃",或许在她大笑的时候、打喷嚏的时候、踢被子的时候,骨头就会碎裂,隐藏在她身后的疼痛就会一跃而出,侵占了她的身体。她不能行走,更不能奔跑,常年坐在一辆轮椅上,频繁的骨折使她的腿肌过早萎缩,骨骼畸形。所以她的身高只有一米一，体重只有30公斤。

她出生28天就骨折了，被裹成个小粽子，哭声震天动地。医生委婉地劝家人放弃："她活不过十一二岁，就是疼，也得疼死。"爷爷发火了，"这是什么话？就是小鸡小狗，也是一条命，来到俺家也得好好养，何况是俺的亲孙女！"

最终，病也没治好，但是她却像墙角的野草倔强地活下来了。她想去读书，母亲就抱着她到学校去，然后再下地干活。母亲一天要抱着她在家和学校之间跑三个来回。春去秋来，她在母亲的怀抱里完成了小学和初中的学业，以全校第5名的成绩考上了广平一中。但是一中离她的家有10里路，10里路对于孱弱的母亲来说根本无法用脚步去丈量，但她不愿放弃，就开始在家自学高中课程，骨折的疼痛依然伴随她左右，但乐观向上的她却说："那是生命拔节的声音。"

她常对自己说："无论是健全还是残疾，只要找到正确的人生坐标，生命就有意义了。心理上的健全远比身体的健全重要。"渐渐地，一个新的目标在她头脑中清晰起来，她开始自学北京大学心理学专业课程，准备报考自学考试。

没上过高中，身边又没有老师，她自学心理学的过程非常困难。有时，为弄清一个概念，要查阅好几本工具书。伏在父亲为她精心打制的小课桌上，她往往拿起书本就是一整天。在考前两个月的冲刺阶段，她每天要复习十几个小时。春节，同学来家里玩，她却事先定下了规矩："我只能给你们20分钟和我聊天，一会儿还要学习。"在学习《心理统计》时，她由于解题高度紧张焦虑，竟患了胃病。在病床上，她却仍一边输液，一边捧着书看，母亲心疼得一把夺过书："孩子，咱命要紧啊！"

功夫不负有心人，她在一年半时间内就将16门自考课程全部完成，顺利通过自学考试。老师们都说，她创造了自考史上的奇迹。之后又经过三年的刻苦学习，她先后获取了国家心理咨询师三级、二级资格证。

当成功的喜悦接踵而来时，她没有飘飘然。她忘不了，漫长艰辛的求学路上，身旁的亲人和陌生人给予她那浓浓的爱。这爱像火炬一直被传递着，陪着她走过漫长漆黑的人生路。浸润在这大爱中，她的心没有像雪野一样冰冷荒芜，而是充盈着鸟语花香。她决定要把爱毫不吝啬地献给身边需要的人，就像蒲公英的花种，要有风的传播，才能美丽整个春天。

她开办了免费心理咨询热线和学习小屋，用知识和智慧为迷失的人点燃人生的明灯。某大学一个患绝症的男生，生命危在旦夕，在绝望中把电话打给了她。经过她不断地鼓励，他勇敢地活了下来，重返大学校园。她经常为了接听热线，一直在电话旁坐到深夜，直至手脚冰冷麻木。后来，她从家乡来到北京"瓷娃娃关怀协会"驻地实习工作，为全国10万脆骨症患者提供有力的帮助，让更多的人了解这个群体，关注这个群体，为他们提供医疗、教育、就业等方面的指导。

她虽然失去了行走能力，却一心要为社会创造价值，用爱去温暖那些需要帮助的人。已经骨折过31次的她曾说过："世界以痛吻我，我要回报以歌。无论我们推开了怎样的一扇命运之门，我们都要做自己的导演者，挑战一切困苦，演绎自己的精彩人生。"

然而，就在生活的路渐渐明晰之际，她又遭遇了新的坎坷。突如其来的新疾病"颅底凹陷引起的脊髓空洞"让她几乎无法坐立，访遍北京的各大医院也无果。她不得不回到邯郸养病。"瓷娃娃"病友张大铭在意大利接受了手术，并把一个好消息带回了国内：她的病在意大利能治！一丝希望的光照进了现实。然而，约40万的花销却成了横亘在眼前的难题。来自河北贫困县的她，靠父亲一个人工资供姐妹三个上大学、给常年生病的母亲看病，家中几乎没有积蓄。10余年的公益道路加上平时治疗，也使得她没有盈余。这一次，她渴望在每一位爱心人帮助下筹集手术费拯救自己，重燃生命和公益梦想！

但她不愿接受无偿援助，而是要用尊严筹款。她是国家二级心理咨询师，除了知识和经验，以及内心的爱，她别无所有，所以她选择兜售自己生命中的4000小时。她在淘宝网上出售4000张售价100元的爱心券，为自己筹集手术款。待病情稳定后，爱心网友可以享受一小时的心理咨询服务。

她一路泪水却一路微笑，一路艰辛却一路欢歌，她曾在她15万字的自传体小说《玻璃女孩水晶心》里告诉读者们："生存的本身就是一种美丽。一个懂得生命意义的人决不会终日沉陷于对遭遇的哀叹中，他能把握住生命中的每一分每一秒，去捕捉每一个跳动的希望。"她也曾在诗中写道："不要惧怕乌云，乌云是为了让你为光明欢呼。"

是啊，那些荆棘挂衣、暗夜恸哭的艰辛这一生谁都会遇到，但不要怕，勇敢征服挫折，你才会发现阳光已灿烂成海。

八　再累也别忘了抱抱自己

莉香是我见过的女人中最像"拼命三郎"的，为了工作她常常彻夜不眠，像打了鸡血一样，伏在工作台上忙碌到天明。有时，正在跟她说着话，她接个电话便能一跃而起，开车去公司，留下我一个人呆若木鸡地坐在那儿，明明是交给别人干的活，只因她不放心，便非要亲力亲为。她的努力和辛苦最终换来了业绩的突飞猛进，奖金越来越丰厚，她也越来越忙碌。

除了工作忙，她的感情生活也忙得马不停蹄。男朋友走马灯似的换，没一个能坚持半年的。按说莉香也算是个肤白貌美、高挑妖娆的大美女，不知道为什么这姻缘总是长不了。她的那些男友们抱怨："莉香空长了副女人的身体，却有着男人的心，坚强得像个铁血战士似的，我的一腔柔情、一肚子保护欲都没处施展。"我们劝她表现得别那么强势，温柔一点、娇媚一点、放松一点，可她一转身马上又恢复了铁血战士的样子。

我们看着她像陀螺一样连轴转，总担心有天她这副躯壳会出现故障，只是谁都没有料到，这故障会如此严重。

她总觉得胸部胀痛，去医院检查，因为长期不吃早餐、熬夜、精神压力大、过于疲累，乳房里长了个东西，而且还是恶性的。她看着病房走廊里偶尔晃荡过的光头化疗患者，不禁死死抓住了我的手，浑身颤抖。她对医生说："我总觉得自己还年轻，连三十都不到，乳腺癌什么的离我会特别远。"医生说："你一直在透支健康，透支青春，在疾病面前，只要你不爱惜自己的身体，所有人都是同等的，不分年龄、地位。"她大哭起来，第一次用胳膊紧紧地抱住了自己。

我很难过，如果她能够早点知道爱惜自己的重要性，能够在那么多辛苦劳累的日子里学会抱抱自己，让疲惫的躯壳休憩歇息，会不会情况就不会这么糟？太坚硬的树枝更易折断，太要强的人也更易遭到坎坷。就像书里说的那样"剑过强易折，过刚易断"。

还好，因为发现得早，莉香通过手术保住了生命。从此以后，再也没有"拼命三郎"风风火火的影子了，每当天气晴好的假期，莉香都会约上我们几个朋友，找个风景优美的地方玩乐一番。有次，她感叹道："回想以前，我太好强，也太看重那些虚名了，什么都没有健康活着最重要。"

是啊，不管再累，都别忘了抱抱自己，扛不了的时候就别硬扛，我们只是凡人不是神仙，不是每件事都有能力做得妥妥当当。再忙也别忘了照顾好这副皮囊，免它受伤、免它疲惫、免它出现故障。而学会爱自己，才会懂得如何爱别人，才会明白爱的真谛。

从今天起，学会在困顿劳累时停下来饮一杯香茗，赏一赏天边的流岚，听一听自然的天籁，给心灵放个假吧。

九　黑暗里，坐听花开

一

她的父亲多年经商，家境富裕，安逸的生活环境让她像温水中的青蛙不知进取，大学里整天逃课泡吧。天真的她以为父亲这把大伞会永远替她遮挡人生的飘摇风雨，可一切都在几天之内坍塌了，父亲的公司经营不善，欠债太多，家境又回到了她刚出生时的一贫如洗。她抱着母亲哭了一夜。那一夜是她一生中最长的黑夜，浓稠厚重的黑暗从四面八方涌过来，把她淹没。她大张着嘴，像离岸的鱼一样窒息压抑。就是这一夜的黑暗让她那颗懵懂的心提前成熟了，但像所有早熟的果子一样，这心没有鲜甜，只有苦涩。当第一缕阳光射进窗棂，她震惊地看到母亲一夜冒出的丝丝白发。在那一瞬间，她擦干眼泪，做出了决定：她要撑起这个家。

她低价卖掉所有名牌衣服和包，每天奔波于图书馆和教室之间，晚上再在宿舍楼里跑上跑下推销化妆品，周末就马不停蹄地赶往商场做销售，有时一站就是一天。从那一夜开始，她就没再要过家里一分钱，一切自给自足。毕业了，她如愿拿到了工商管理和电子商贸的双学士学位。后来进了一家公司，凭实力得到了不菲的薪水，母亲再也不用到市场摆小摊了。

有次女友问："你怕黑吗？"她愣了下，悠悠忆起那一夜黑暗中的无助和惶恐。但她说："不怕，因为只有经历过黑暗，才能懂得阳光的意义。"是的，跟以前那种浑浑噩噩的日子相比，她更喜欢现在自食其力的生活，拿着浸透了汗水味的钱心里踏实，是那一夜的黑暗让她懂得了散发着阳光香味的生命是多么可爱和值得珍惜。

二

大学里的一堂课上，教授问学生们："黑暗和光明，如果让你们选择，大家选什么？"大部分学生都选择光明，只有一个学生小声问："能不能都选？"教授微笑着看了他一眼，讲了两个故事：

教授去同里古镇旅游，白天刚下过雨，晚上他出来吃饭时小心翼翼地拣着路走，怕不小心踩到水洼。江南小巷的路都是青石板铺成，路面不平就容易积水。但走着走着，他发现自己的小心是多余的，因为在这样薄雾氤氲的黑夜里，淡淡的月光洒在青石路上，那些有水洼的地方都在月光下潋滟着碎银般的光亮，像遗落在地上的一面面小镜子。有了这些"镜子"，他可以毫不费力地绕过一个个水洼，履袜不湿。

教授认识的一个男孩从小天资聪颖，成长的路上顺风顺水，一片光明，一直都是所在学校的"骄子"。后来他考上了全国最好的大学，在这里随意碰到一个人可能就是高考状元，个个都很牛，人人都优秀。他开始感到前所未有的压力，习惯被成功和掌声簇拥的他变得无所适从。终于，一次演讲赛的失败如最后一根稻草压倒了早已疲惫不堪的他，他的厌学情绪越来越重，最后不得不接受心理治疗。

教授讲完这两个故事，语重心长地说："人生路上，不仅需要光明，有时也需要黑暗啊。"学生们都陷入了沉思中。的确，人生如果一片光明，未必就是好事。身处黑暗中的你或许会为挫败沮丧叹气，但正是这挫败能让你看清自己，重新认识自我。黑暗让你更有耐心将自己细细梳理。再反观内心，它也许已如月光下的水洼一样澄澈清透了。

十　淡极始知花更艳

江南，一抹淡云远在天际，轻雾笼着黑瓦白墙淡灰石桥，到处都是素淡的颜色，如一幅着笔寥寥的水墨画卷，虽没有繁复的花样和鲜丽的色彩，却如一支清笛百转千回吹柔游客们的心。

金庸笔下的小龙女，翩若惊鸿，婉若游龙，虽有雪肌花貌，却从不刻意修饰，永远都是一袭白衣胜雪，但正是这样的素淡显得她风姿出尘，恍若仙人。

蜡梅，轻薄纤巧、淡若鹅黄的花瓣楚楚地簇拥在一起，像个衣着寒酸的小家碧玉，但正是这不与百花争艳的淡雅使它在隆冬腊月里独占春色，无叶的干枝和皑皑的白雪更衬得它清丽脱俗，竟比任何花都动人，真是"淡极始知花更艳"。而人生，不也如此吗？

淡，是淡泊名利，但不是不求上进，甘愿原地踏步，而是不把得失看得太重，有目标，就脚踏实地，拼尽全力去接近，即使没有实现也不后悔。若把名利两字摆在心头，做一些急功近利的事，便是迷失本心了。就像孔子说的："不义而富且贵，于我如浮云。"能做到无欲则刚，其实是人生的另一种圆满，因为再不会被什么伤害。

淡，也指收敛锋芒，不张扬。古语云"水满则溢，月盈则亏"，若处处争强好胜必定会遭人嫉恨，到处树敌。就像开得太鲜艳的花朵更易遭攀折，太显眼的动物更易遭猎人捕杀。聪明人会韬光养晦，因为"行高于人，众必非之"。一面墙上挂着两幅画，油画色彩饱满，五彩斑斓，但看久了便觉得太过热闹，视觉疲惫。旁边挂着幅国画，大片的留白是苍茫的云海，几处点墨是远处的飞鸟，素淡而清寂，但却能留住更多人驻足去品味那一抹隽永悠长的诗意。人生，也不应布局太满，多些留白，少些热闹纷争，也许不经意间便和幸福撞个满怀。

淡，还指淡然处之，人生不如意之事十之八九，若以宽广的胸怀去包容，以淡然的态度去对待，回首看云飞风起，那些挫折和伤痛都已如烟。最辽阔的不是大海和天空，而是心灵。李白写过，"天地者万物之逆旅也，光阴者百代之过客也。而浮生若梦，为欢几何？"既然你我都是匆匆的过客，何必要在烦恼事上纠缠太久，而浪费了岁月沿途的美好景色。一个人在世事浮沉中能有豁达淡然的胸怀，那才是人生的大气象，即便处于低谷也能拥有整片蓝天。

得失不计，寸心淡然，若能体会到淡之真味，于喧嚷的尘世中拥有一份简单淡泊的情怀，无形中其实已得到人生中最重要的东西——心灵的富足笃定，幸福自在。淡到极致不是苍白，迎来的却是开得最艳的人生之花。

十一　人生没有绝路

有个好友，公司受了重创，宣告破产。几个朋友叫他出来喝酒，一醉解千愁。饭桌上他却没有一丝我们想象中的落寞，而是一脸淡然。他说准备用仅有的积蓄开个小吃店，解决全家温饱应该没问题。说这些的时候他浅浅地笑着，目光闪烁，一时间让我们都忘了这是个失败者，是个被命运逼上绝路的人，仿佛他还是当年那个的意气风发的少年，勇敢地准备接受一切挑战。我们不禁举杯，庆贺他的新生，更庆贺他这份豁达从容的心境。又过了几年，他已是几家连锁饭店的老板，原来当初开小吃店的时候他善于推陈出新，又吃得了苦，渐渐地生意便做大了。当别人艳羡他的好运时，我想到的却是当年他落魄时那淡定从容的微笑。

还有个朋友，大学时很勤奋，整天泡图书馆，她的目标就是拿到研究生文凭，用此当作敲门砖敲开北京的大门，当个"白骨精"。结果考研失败，家境的窘迫要求她必须马上工作来养活自己，她执意留在了北京，心仪的公司不要她，能干的都是薪水极其微薄的工作，就这样她混了两年，穷困潦倒，在一次大病后把工作也丢了。落魄的她在阴暗的地下室里给我打电话，倔强地说："我就不信人生有绝路。"她毅然回到家乡，关进小屋苦读，最终考上乡镇公务员，然后又凭着以前学到的知识帮助乡亲致富，没过几年，因为能力突出被破格提拔。虽然这一切跟她最初当白领精英的愿望相去甚远，可当人生的路走到一个死胡同时，如果能灵活变通，也许峰回路转，又是一番柳暗花明的景色。

还听过这样一个故事，一个人在沙漠里迷了路，茫茫黄沙一眼望不到边，太阳好像把一切都烤成了气，晒成了烟，他口干舌燥，头晕目眩，忽然望见远处有片绿洲，绿草丰美，鲜花娇艳，他克制住擦眼睛的冲动，努力往前走。其实他知道沙漠里经常出现海市蜃楼，它用美丽的幻象来迷惑人眼，但他不想分辨真伪，他情愿眼睛被欺骗，他要给自己一个走下去的理由。果然不久绿洲的幻象消失了，他仍然相信前面有绿洲，仍然坚持前行，没过多远竟遇到一个商队，最终跟着商队走出了沙漠。有个哲人说过：精神是我们的脊骨，精神垮了，我们也就完了。是的，如果有不灭的信念，执着的精神劲儿，即使身临绝境也会有一线生机。

所以要相信，人生没有绝路，以执着的信念为灯，拥有淡然的心境，灵活变通的头脑，即使临着一片悬崖，你也能给自己一条绳索攀缘而下，所谓的穷途末路，不过是自己将心逼进了死胡同。

十二　做自己的伯乐

法律系毕业的朗轩，像很多大四生一样奔波了多个人才市场，投了多份简历。但二流大学的文凭使他不受青睐，他才明白，高考填志愿那次失误竟让他付出这么大代价。过了几个月，他终于找到了一份工作，是在一家销售公司做文员。

他每天凌晨起床去上班，要坐几个小时的公交，干一切脏活、累活，却毫无怨言，反而总是嘴角上扬，一脸开心的笑。因为他珍惜这份来之不易的工作，因为他尝过没钱付房租，抱着行李蜷缩在午夜街道旁的凄楚。他懂得：下雨的时候，没伞的人只能往前跑。这个世界有些人是在生活，而有些人只是为了生存。他必须像个蚂蚁一样勤勤恳恳，才能生存在这个流光溢彩的大都市。

他的勤奋引起了一个行政主管的注意。开始，她以为他是新来的，想表现得好些。可时间久了她发现他一直都很勤奋，任劳任怨。而其他同事都习惯了"指使"他干这干那，他向来都是憨笑着一一应承。这使他成为人缘最好的人，也让他有机会学到更多东西。是金子总会发光，他的才华渐渐显露出来，有次还帮行政主管解决了一个棘手的问题。通过了解，这个比他小一岁的小主管越来越欣赏他的才识和人品，就把他介绍给父亲的朋友，一家知名律师事务所的合伙人。

他终于当上律师了，他的才华像拭净了灰尘的钻石，大放异彩。在这方舞台上，他凭借大学4年积累的学识和经验，尽情地施展才华。于是，他的薪水越来越高，并和暗恋他许久的小主管喜结良缘。他的事业如一只大鹏借着风力，扶摇而上云霄。

你可能觉得朗轩有福气，遇到了人生中的伯乐——他的妻子，才平步青云。但我们在妄想遇到这样一个伯乐之前，不妨考虑下朗轩为何有这样的好运？

如果他当文员时不够勤恳，或者空有勤恳只是庸才，都不会引起小主管的注意和欣赏。事实是，他读大学时就很勤奋，成绩优异的他早早地拿到了司法资格证和律师证，并且课余还组织社团免费为底层打工者提供法律咨询，从而积累了不少社会经验。这些汗水堆积的"财富"才是他背后的助力，帮着他顺利完成在销售公司的任务，并能在当上律师后靠优秀的专业素质出色完成各项工作，从而受到青睐，事业也越来越顺利。

原来，机遇和人品固然重要，但一直延续在他生命里的勤奋才是他的贵人啊！

哲人说过：幸运的人各不一样，但背后都有规律可循。那些遇到伯乐的人们，其实他们自己才是自己最好的伯乐。

十三　说走难走的旅行

碧蓝的天幕下，太阳照在银光闪闪的雪山顶端，大朵大朵的白云悠闲地游走，散落的村庄若隐若现。怒江的江畔，乳白云雾环绕在山腰，碧绿田坡上飘升着淡蓝的炊烟，而菲儿就站在这人间仙境里，摆了个剪刀手，灿烂地笑着。

我痴痴地盯着照片，羡慕得口水都快流出来了。菲儿一把抢过去说："拍到照片里的景色都是死的，想看美景，去旅游啊。"

我知道，她对我这个宅女早就心生不满了，好几次邀我一同出去旅游，都被我婉言谢绝。

经常在网上看到这句话："人生要有一次说走就走的旅行。"这句饱含能量的金句仿佛能为我们打上一支强心针，瞬间自动屏蔽掉周遭繁忙的事务，一瞬间，大脑仿佛被吹进一股清凉柔风，漫山遍野的好风景好似已含笑在远方等着。但是，真的能抛下所有杂事，潇洒远游吗？首先，最放心不下的就是孩子，她夜夜都要摸着我的胳膊入睡，如果我走了，她会不会日夜哭啼，哭哑了嗓子？还有出外旅游，最麻烦的就是不知道玩哪条线路，如何在短短几天的假期里把好玩的线路都玩遍，实在是个大难题。还有很多很多，都让我踟蹰不定，不知道该不该背起背包。

记得上大学时，最喜欢的杂志就是《国家地理杂志》，每次看到上面那一幅幅如诗如画的美景图片，就心醉神迷。那时的我暗下决心，以后工作了一定要每年去一个地方旅行，邂逅自然之大美。可如今，却总是怕这样那样的麻烦，整个人变得越来越懒，空闲的时间大多待在家里，看看电视，玩玩游戏。但是，喜欢旅行的心思偶尔还会像小鱼儿跃出心湖，搅得我心神不宁，老公知道后，嘲笑我是典型的"叶公好龙"。我也不禁哑然失笑，起居生活不愿做任何改变，只愿沿着生活的惯性向前，说白了，还是思维的惰性在作祟啊。

这天，老公递给我三张飞机票，是去厦门的。他说："带着孩子，来场说走就走的亲子游吧。"我张大了嘴，还来不及多想，就被他催促着收拾出游的行李。就这样，我手忙脚乱地开始了梦想已久的旅行。

因为不须爬山，我们专门为孩子带上一个便携小推车，厦门的街道干净平坦，孩子走累了，便坐在小推车里，我和老公轮流推着。我们没有报旅行团，只是随意逛着聊着，看着陌生新奇的异乡风景，遇到心仪的街头小吃，便停下来大快朵颐，曾经我想象中的亲子游，就是抱孩子抱得胳膊肿，大人们累得人仰马翻。可如今，这样悠闲地散步，并没有我想象中的劳累。当心中不去在意旅行线路时，这样毫无目的地闲逛也别有一番情趣。厦门能玩的地方很多，但短短的几天假期，如果费尽心思想把所有好玩的地方都玩遍，只能每个地方都走马观花般逛一遍，所以我们商量后，决定只看大海和海洋馆，前者是因为在厦门，毕竟大海是最值得看的景色，后者则是为了满足孩子的喜好。

站在大海边，看着孩子兴奋奔跑的身影，任海风拂着长发，忽然听到老公在身旁问："旅行真有那么麻烦吗？这年代，旅游是多便捷的事啊，只要有双眼，有双能走的脚，兜里揣个钱包，就可以旅游了啊。"

我不好意思地笑了，是啊，说走难走的旅游，说白了，还是自己的心禁锢了自己的脚步啊。

十四　谁的青春不荒唐

从小到大，陈瑾的生活都是顺风顺水的。因为天资聪慧，成绩优异，陈瑾一直是父母的掌中宝、心头肉，她也一直扮演着一个乖乖女的形象，就这样她没有任何悬念地考入了一所名牌大学，她没有太多的欢喜，而是有一种空空的失落感，"真没劲！"陈瑾决定在青春里叛逆一把。

心中的潘多拉盒子打开后，叛逆的快感就如同被冲开了塞子的红酒，喷薄而出。陈瑾开始逃课，彻夜泡在网吧，跟几个喜欢摇滚的朋友组成个乐队，经常乐不思蜀。但因为头脑聪明，系里的那些科目她都可以轻松地考出高分。可是她渐渐在惰性的泥潭里越陷越深，落下的课程也越来越多，慢慢地，她对学业开始感到吃力了，而身边原本没她学习好的学生，有些已在国内外知名刊物上发表过学术论文，有些通过努力考过了托福，有些已经拿到了一大摞证书……陈瑾开始慌了，此时的她成绩一塌糊涂，好几门亮起了红灯，而导师也找过她好几次，声色俱厉地提醒她不能再旷课，否则就要被处分。

当她彷徨无措的时候，好友送给了她一本书《阴影，也是一种力量》，书籍的作者是美国作家黛比·福特，朋友意味深长地告诉她，黛比·福特在28岁以前曾过着放纵的生活。酗酒、感情混乱，"永远摇滚"是她矢志不渝奉行的人生准则。原本，她可能因此浪费掉自己年轻的生命，然而，某一天她醒来时，突然产生改过自新的冲动，发现"只有自己能够拯救自己"。后来，黛比·福特从黑暗中汲取智慧和能量，从而蜕变为一个成功的人，并写出名作《接纳不完美的自己》，成为全美第一名的畅销书作家。

陈瑾收起那些玩摇滚时穿的奇装异服，把头发剪成利落的短发，重新走入阔别已久的自习室，努力认真地学习，天道酬勤，最终她通过努力拿到了出国留学的名额。

某个夜色阑珊的晚上，坐在阳台上的她轻轻合起黛比·福特的《阴影，也是一种力量》，眺望着远处的万家灯火，想象着那每一盏橘黄色的灯光后面正发生着怎样的故事，忍不住眼睛湿润了。

此时她终于明白，青春就如一列急速行驶的火车，这趟车上有很多人上上下下，有些人会让火车偏离正常的轨道，有些人甚至会让火车焚为灰烬。但能够把握好这个方向的，其实还是火车自己。谁的青春不荒唐？谁不曾因为年少无知在青春那张纯白的纸上洒下过几滴污渍？谁不曾经历过一段狼奔豕突、叛逆不羁的青春，但及时清醒，悬崖勒马，把好人生的方向盘，仍然可以活出最美的自己。

十五　心有斑斓景自春

那年我刚毕业，在一家公司做着普通文员的工作，每天忙忙碌碌却拿着微薄的薪水，总觉得这个都市的繁华离我很远很远，有时候，站在嘈杂的人群里，忽然觉得自己很渺小很孤单。

直到我遇到了芳姐，这一切都发生了变化。是朋友介绍我去芳姐的美发店理发，朋友说："在她的手里，你的头发能变得有生命。"我带着十足的好奇心找到了这个偏僻的小店，却不料小店客人爆满，等了半天才等到。芳姐是个40多岁的女人，眼里有种湖水般的宁静和清亮，她的手柔柔地穿过我的黑发，随着剪刀的跳舞旋转，一层层细碎的头发飘落肩头，我开始为镜子里那个别样的自己惊艳不已。从此以后，我也成了芳姐店的常客。一次下大雪，店里人很少，我跟芳姐攀谈了起来，才知道这个温婉柔顺的女人背后竟有着那么多的沧桑风雨。

她曾有过一段美满幸福的婚姻，但后来家中突生变故，丈夫得了脑溢血不幸去世，她不得不支撑起这个家来庇护两个年幼的孩子。可她从结婚起就一直在家里当家庭主妇，从没出去工作过。而现在，她必须找个谋生的事来做。她开了家小吃店，每天天还没亮就起来张罗着熬粥、蒸包子，那丰润的脸庞在日复一日的操劳中渐渐清瘦下来。但是，周围的人们从没见过她一丝忧愁的神色，因为她一直认为，磨难只是人生途中偶然遇到的阻路石，跨过去，依然是一番柳暗花明的好景致。带着这样的心态，她苦中作乐，将小日子过得有滋有味。而周围的邻居，也都越来越喜欢来她这里，吃着稀饭包子，看着她开朗明媚的笑脸，谈论着街坊间的趣闻轶事。她知道，这些善良的邻居是为了照顾他们孤儿寡母，才经常来她这儿吃饭的。于是，她总想做些什么来报答这些淳朴的人们。

她忽然想起了自己还有门手艺——理发。那是祖传的手艺，因为后来生活衣食无忧，她一直未再施展过。如今，她忽然找到了方向，开始，她先给邻居们的小孩们免费理发，小试牛刀后越来越不可收拾，开始给老人们理发。那些或长或短的头发经过她的纤纤玉指都变得漂亮精神，日子长了，连爱美的年轻女孩也来请她理发。她也越来越着迷于这项手艺，日夜苦思如何将理发手艺提高，有时想一个发型会想得忘了吃饭，而清苦的生活也变得生趣盎然起来。她的名气渐渐大了，来找她理发的人越来越多，邻居们劝她干脆关了小吃店，开个理发店好了。她辗转反侧了好几夜，最终听从内心开了个理发店。结果因为手艺好，她的店每天都顾客盈门，经过多年的奋斗，也终于过上了现在富裕的好生活。我看着这个能享得了富贵，也能经得起坎坷的女人，不禁心生感慨。

是啊，人生难免会有险滩暗流、身处低谷的时候，要学会昂头，把苦难看成珍珠，把挫折当成瑰宝，这样才能活出内心的圆满。

我再看自己的工作，忽然心存感恩，虽然薪水微薄，但如果没有它，我将流落街头，无枝可栖。所以我开始用心对待工作，用心去做生活里的每件事，当怀着积极的心态去生活时，竟然发现这个城市的颜色逐渐鲜活生动起来，道路两旁的林荫道绿得可爱，街角不经意闪现出来的涂鸦也都透露着这个城市的时尚浪漫，我开始越来越喜欢这里了。经过两年的摸爬滚打，如今，我已凭借勤奋做到了销售主管的位置，一切都在往美好的方向发展。

这一切都要感谢芳姐，尤其感谢她那天对我说的最后两句话："人无琐碎云方静，心有斑斓景自春。"

十六　人生可以另起一行

那一年，晓磊因为跟同学打架斗殴，被学校勒令退学，而他的大学才上了半年，一切美好与激情还未开始就被迫戛然而止。他被父亲领回家，一路上渐渐熟悉的故乡景色都变得失去了颜色，一片苍白。

家里的气氛很压抑，父亲一支又一支连续抽烟，满屋子烟雾缭绕。母亲什么话也不敢说，只会不停地干活，忙碌着做饭。晓磊枯坐在屋里，一滴泪都没落，只是觉得心像被揉成一团再狠狠踩进土里。他坐在屋里三天，不吃不喝。

这晚，他等到夜深人静的时候，悄悄打开门走了出去，走到村外的小河边，望着清澈的河水，他想这里曾是儿时的天堂，也是走出大山的梦想萌芽的地方，不如就在这里结束生命，梦开始的地方就让梦在这里死亡。他想着想着，就把腿迈进冰冷的水中。

忽然，一双有力的大手一把将他拽了回来。原来是父亲，他使劲地晃着晓磊大声吼道："你傻了吗？！"晓磊的眼泪突然怎么也控制不住，汹涌而下，他激动地朝着父亲喊着："我没学上了，还活着干吗？活着也是丢人！让我死！""啪"，父亲狠狠甩了他一个耳光。他一时被打得愣在了那儿，从小到大，他一直是父亲的骄傲，父亲从没舍得动过他一指头，可这一耳光，打得真狠，打得他眼冒金星，头嗡嗡作响，但慢慢地，有丝清醒爬上心头。

父亲继续说："你从小就脾气暴躁，你小时候我教你写字，你写了一行字觉得不好看，就一把将那张纸撕得粉碎，你想想那时我是怎么跟你说的？"晓磊的回忆汹涌而至，说："您说如果字没写好，没关系，另起一行重新写，而不该把那张只写了一行字的白纸撕掉。"

"对，生活也一样，被毁坏的生活也照样可以重新开始，字可以另起一行写，人生也可以另起一行开始。你想想你后来字写好了吗？"

他陷入了回忆中，儿时的自己没再撕过纸，在父亲的指导下反复练字，后来上中学后还获得过学校的钢笔字大赛第一名。

他看着父亲饱含希冀的眼睛，心中好像有口钟被撞响了，悠悠的回声响彻心房。是啊，虽然人生的这张纸上，他因年少无知写歪了字，但下面还有那么多干干净净的空白，他应该另起一行，踏踏实实、认认真真地一字一字写下去，尤其写好这个"人"字。

回去以后，晓磊像变了个人似的，急躁的脾气收敛了许多，他重新回到高三，坐在一群年少的学生中间，承受着重重探询、嘲讽、怜悯的目光，埋头苦读，手不释卷。还好天道酬勤，这年高考，他以高分重新考入那所大学。当再一次踏进熟悉的校园里，他眉间的忧郁终于散开了，但那瘦了一圈的脸上少了丝喜悦，多了份坚毅。他决定，从今以后，要好好珍惜人生这张白纸，再也不能因为一行字的写错而执拗地钻入死胡同了。

第六篇

慢时光,沉淀出气定神闲

热爱生活的人，眼中都有光。只是这生活，有的人选择了浓油赤酱，有的人选择了清粥小菜，不同的眼光决定了不同的心境。而我只想慢下来，再慢下来，细数那梧叶间漏下的丝丝天光。

一　中药铺的气息

有的地方，一走进去，就像坠入了时光深处，比如旧书店，还有中药铺。

爷爷是郎中，我的童年大部分时间都是在中药铺里度过的，所以一直到现在，每次看到中药，都会有种重逢故人的亲切温煦。有些事物，因为牵惹了回忆，便像被露水打湿的花瓣，沉重丰盈起来。

那时我已初长成一个少女，夏天时常穿着一件旧棉布裙，月白的底子上浮着一小朵一小朵的粉花。常常飞快地跑过小巷，跑过一群群跳皮筋的孩童，任盛夏的热风拂过飞扬的辫梢，清脆的脚步惊起一群群鸡鸭。就这样飞跑进爷爷的中药铺，大声嚷着："爷爷，快，我要喝茶！"爷爷总是皱着眉头从眼镜上方白了我一眼，慢吞吞地倒了一碗薄荷甘草茶给我，薄荷的清凉辛辣之气直冲到我的五脏六腑，暑热一扫而光，而此时，中药铺的清苦之气也开始慢慢漫溢围拢过来。

那时的我很喜欢翻弄盛放中药的柜子，一格又一格，像无数个小房子，各自为家。我常常想，晚上夜深人静的时候，格子也许都自动打开，中药们都走出来邀请左邻右舍晒晒月光谈谈心，然后再相携走入各自房舍。这样的想象总让我觉得和中药们无比亲近，它们的名字也日渐熟悉起来。

那些古意盎然的名字真是美丽，我天马行空的脑袋凭空在它们身上捏造出自己的想象。像杜仲，就是个儒雅温良的男子，衣衫整洁，笑容温暖，是适合结婚的良人。远志、徐长卿，则是喜欢板着脸，胸怀天下的男人，说话无趣，满嘴大道理。而佩兰应该是中药里艳压群芳的美女，最有气质，温婉娴雅。对了，和杜仲是绝配。还有石菖蒲、吴茱萸、云苓、金樱子，这些都是有名有姓的小家碧玉，有几分姿色，也有几分脾气。最让我难以描述的就是当归，有时觉得他是个男子，剑眉紧锁，满面愁容，有时又觉得她是个忧伤的女子，含着幽怨的眼神，夜夜翘首远望。这些名字里我最喜欢的是忘忧，想象中，她应是如《聊斋》里婴宁那样的女孩，没心没肺，慧黠活泼。年少的我一直以为，忘忧可治忧郁，熬一碗喝下，胸中块垒尽消。后来在外求学，才在书上看到，原来忘忧的别名是萱草，利水，凉血，治水肿。元朝钱抱素在《琐窗寒·题玉山草堂》中有词："书带生香，忘忧弄色，四窗虚悄。"古人也许和我一样喜欢忘忧，只是长大了才明白，以一株纤纤的忘忧草解千愁，只是年少的痴想罢了。

那些乌沉沉的中药柜，是太爷爷传下来的，坐在黄昏的中药铺里，光线中的灰尘浮沉不定，我看着看着就会恍惚，仿佛看到白须飘然的太爷爷在柜台前忙碌抓药的身影。这中药柜子是沉淀了多少岁月，才积成这般深潭似的颜色啊。

柜子里的草药都是被切碎、晒干才放进去的，不管它的前身有怎样青翠逼人的枝叶、鲜艳娇嫩的花朵、如珠似玉的果实，最终都要经历这番脱胎换骨，以内敛低眉的姿态成为格子房里的常住客。于是，对它们莫名就生出了一丝疼惜。

中药的感觉自那时起，在我心里就定格成了中年。低调平静，不急不怒。因为经历过，所以会收起所有张扬的羽翼，冲淡平和。那么多亮烈的前世都抛却，只取平淡的今生。

再看去，草药都是花朵果实草木们的身躯，横陈满柜，等待被火烧、被水煎，被滚汤熬成一碗碗墨玉，滑过病痛之人的喉舌。也许因为经历了这些苦难，所以草药们熬出来的永远是浓稠的苦涩。但它们的苦难成全了人们的生命，它们的身体研碎了、熬干了，与病人们的血液溶在一起流淌，死去的植物们以另一种方式重生。

柜台上那本破旧的《本草经》被岁月的手轻轻翻动，我伏在中药铺里的桌子上沉沉入梦，梦逐渐变成了琥珀般的赭黄色，飘荡着中药们苦涩的清气，那是岁月里最隽永恬淡的芬芳。

二　一壶好茶熨平生

茶与禅总是相通，品茶也是品人生。所以好饮茶的东方人，睿智恬淡。

看茶叶在滚水的冲泡下翻腾，仿佛看一个人在世事中辗转腾挪。万般滋味尝遍，风静波平之时，茶叶也换了新的人生，根根青碧，再也不复曾经的憔悴枯槁。常听人说某某活得通透，说的就是这被命运之手揉搓、曝晒、烫泡，然后鲜润清透的姿态吧。茶叶不会怨这滚水，反而感激，是水让它重生。让它有了咽喉间上扬的清香，有了"一碗喉吻润，两碗破孤闷"的妙趣。而我们，是不是也不应去埋怨那些痛苦、挫折？也许因了它们，我们才有成长，才有今日的成熟。握着水杯，竟似窥得人生。

杯底翠叶横陈，如一处小小的热带雨林，看得久了，仿佛自己也变成了一枚茶叶，在水中浮沉，叶叶心心，舒卷有余情。

读《红楼梦》的时候，恨不得跃入书册，来到第四十一回：栊翠庵茶品梅花雪。和黛玉比邻而坐，也尝尝妙玉捧来的用5年前梅花上的雪煎的茶。那时，邻居家有株蜡梅，清香远逸。我眼巴巴地等着雪落，好去也收集那梅瓣上的雪水,埋到地下等隔年吃。可惜那个冬天有雪的时候没有梅花,有梅花了却没落雪,恨得我直跳脚。如今想来,古人的风雅之事须得是妙玉这般风雅的人才能做的,我却非要附庸风雅,那时的自己真是可爱。

有时也喜欢泡一些花茶,比如杭白菊。干枯的花被水淹没,魂魄来归,冉冉绽开,复有娇嫩面容。我忽然觉得这就是菊花最好的归宿——做一朵茶菊。在最美的时候被摘下,历练之后,被收藏,被珍惜,在恰当的时候,为懂得自己的人重新吐露一次芬芳,从身体到心灵。

能品得茶中真味的人,都是心能安静下来的人。品茶,可以和友人对酌,也可群坐而饮,但最妙的是一个人静静地品。一扇篷窗,一席月光,一壶好茶。幽香氤氲中,可怀旧情、念往事、想来生,万种烦忧俱如烟尘,这般好时光千金难抵。

想这茶叶,生于山巅幽谷之中,饱吸天地灵气,浸润山岚细雨,所以被冲泡后的幽香里也融入了月华星辉、雾岚清气。记得一个作家写过:"茶拆开即是人居草木中。"于是顿悟,饮茶,其实是为了更亲近自然。草木的清芬,唤醒的是心底的那份安宁。

三 烘焙能使人幸福

是从什么时候迷上烘焙的呢？从舌尖一抹乳酪的浓香？从看到蛋挞液快乐地咕嘟咕嘟"长高"？从孩子幸福地搂着我说真好吃？忘了，真的忘了。但却清楚地记得烘焙带给我的每一个幸福的瞬间。

记得第一次做麦芬蛋糕，我特意选了熟透的香蕉，搅成泥，和面粉、黄油等混合在一起，最后一时贪心，把每个纸杯里都倒了满满的面糊，信心满满地塞进烤箱。本以为时间预定好就可以了，谁知道等"叮"的一声响后，兴冲冲地跑去看，却看到了一烤盘的黑疙瘩。原来，一是面糊倒太满，导致都流了下来，糊在了纸杯上。二是温度设定太高，表面都烤煳了。我沮丧地呆立在那儿，心里满是失败感。这时，三岁小女跑来说："我吃我吃。"小小的人儿把蛋糕上面的黑皮揭掉，下面仍是金黄柔软的蛋糕，她咬一口笑着说："很好吃！妈妈别难过。"她仰着的笑脸灿烂如向日葵，我仿佛突然被一束暖光笼罩，满心的温暖和幸福。有这样贴心的女儿，即使我是世界上最笨的厨师，也无所谓了。

最开始学烘焙，做甜点，动力都是来自女儿。小女喜甜食，为了女儿的身体健康，也为了自己的口腹之欲，我买回一大堆烘焙工具和材料，开始学着自给自足。那位优雅时尚的大师香奈儿不就说过嘛，厨艺是最性感的才艺。

于是，我开始学着用精妙的计算去平衡各种食材的味道，用严密的步骤去成就丰富的口感。细心地去关注面团的状态、打发的蓬松度，慢慢明白就算搅拌的手法不对也会影响成败，只有用对待孩子的耐心与爱心才能烘焙出真正的美味。有时想想，这不就是人生吗？我们这些白白的生面胚被扔进社会这个大烤箱中，有的人精心设计过自己的人生，因为他知道一个环节的差错，都会导致人生发生重大变化，都会出现"面包烤得像馒头，饼干硬得像瓦片"的情况，所以他努力踏实地走好每一步。这种人出炉后都是松软喷香、色泽金黄的面包。而有些人则相反，于是人生的白面团被自己糟蹋后，就烘焙成一块丑陋黑硬的面包。

有句话是"一入烘焙深似海"，慢慢地，我发现烘焙的乐趣不在于吃到亲手做的食物，而在于过程。有时忙碌了一天，回到家我就迫不及待地想要好好做份甜点犒劳家人和自己。洗手，精准地称量各种材料，按照步骤一丝不苟地分离蛋白，倒奶油打发，搅拌面糊，然后郑重地送入烤箱，巴巴地期待"见证奇迹的那一刻"到来，每次掀开烤箱门，都有种阿里巴巴打开山洞发现宝藏的感觉。哇！好香好美！

和家人或朋友围坐一桌，品味着曲奇的酥脆、面包的软香、蛋糕的丝滑，一边谈笑一边享受，此刻唯美食与爱不可辜负。这时的我，早已忘了一天的劳累，只会在满屋暖熏的甜香中幸福地傻笑。这才明白，原来烘焙可以让人幸福。

忽然想起一位烘焙达人说的：用快乐搅拌鸡蛋，带着梦想打发奶油，用耐心等待发酵，用甜蜜点缀花边，借助烤箱的热情烘焙出幸福。是啊，让幸福在香甜中弥漫，让爱在美味中传递，用烘焙的魔法去点缀慢生活。

四　吃花记

花，餐风饮露，汲日月精华，凝结着一株草木最美好的时光。作为一个爱花人兼一名资深吃货，我一直对吃花抱有浓厚的兴趣。

最早可追溯到扎着小辫的儿时，那时，小城里树多于房屋。房前屋后都种着绿荫蔽日的梧桐树，每当桐花烂漫成一片粉紫云霞时，都是我们这些小孩最开心的时候，整天巴巴地流着口水望着花，期待着花落。

梧桐的花素淡清雅，花心及花柄处都是淡淡的紫，像美人颊上的一抹绮色，有种内敛的妩媚。有急性子的大男孩，搬个长梯子嗖嗖几下便爬到树杈上，奋力一摇，我们便在纷纷扬扬的桐花雨中欢喜雀跃。捡起一朵桐花,喘着嘴凑近花心处轻轻一吸,便是一股清甜的花蜜。我们捡了一堆花朵,抱在怀里,坐在树荫里甜甜地吸着,微风如酒,吹得人熏熏然。路过的老伯看着我们那迷醉幸福的表情,总会笑着说:"这帮猴儿,都吃醉了。"长大了才知,梧桐是可引来凤凰的树,原来朴实如邻家哥哥的梧桐是这般不平凡,那么吃过桐花蜜的童年也因此不一般了吧,时光深处,尽是清甜的微香。

记得那时还吃过一种叫串串红的花,大姑家门口种了很多,花开时,小朵小朵的红花串成一串串,如一簇簇蓬勃绚烂的火焰,映得那晴空都是明亮绚丽。抱着李时珍尝遍百草的精神,我偷偷揪下一朵,拔掉花瓣,吸那花蜜,天哪,竟然这般甜美!我像一只偷食的小猫,每到夜色降临的时候,便蹑手蹑脚地溜到大姑门前,摘花吸蜜,然后把残花随手一抛。不知道爱花的大姑清早看见满地狼藉会有怎样的大怒,结果,有天晚上我在花圃旁被一双大手抓住,大姑只是佯装生气地说了句:"这花有毒。"便转身离开。我却被吓得再也不敢吃串串红了,躺在床上,也是满腹垂垂将死的恐惧。

后来渐渐长大,又发现了一种美味的花——洋槐花。那是乡下的亲戚来家里时带来的。我已是一个矜持内向的少女,偷眼看那累累坠坠、如羊脂美玉般的花朵,嗅着那清淡悠远的芬芳,在心里使劲地咽着口水。槐花生吃,可嚼得满嘴都是清香,整个人都好似变成肺腑俱清、不思尘世的仙人。蒸熟了吃,拌上蜂蜜或盐,都是美味的菜肴。巧手的奶奶还会把它们蒸成槐花糕,软糯甜香,吞下一口,满胸怀都是春天的鸟语花香。

如今，我已吃过很多种花，还有幸在西双版纳吃到一餐鲜花席，享受到了傣家人独具风味的食花文化。满桌子摆的好像不是菜而是一个被浓缩了的春天花园，红的似朝霞，白的如美玉，黄的呈灿金，蓝的如钻石，几乎所有的颜色都在这竹篾编制的餐桌上集合了。我忍不住又傻想，如果这一生都不再吃荤腥，只吃这鲜花餐，我会不会也如金庸笔下那位香香公主，吐气如兰，周身香气馥郁？

看书才知，原来古人早有吃花之风。最早的应是屈原了，《离骚》中说："朝饮木兰之坠露兮，夕餐秋菊之落英。"宋代林洪在《山家清供》中记载："将梅花瓣洗净，用雪水煮；待白粥熟时同煮。"明代王象晋在《群芳谱》中写道："玉兰花馔。花瓣洗净，拖面，麻油煎食最美。"古人果然惯会做风雅之事。

忽然想起一种日本樱花糕，奶白色的膏体里盈盈绽放着一朵浅粉色的樱花，晶莹剔透，美如艺术品，让人不忍下口。也许从古到今，人们吃花，也是因为倾慕花朵，希望自己也能有花容体香和芬芳洁净的品质吧。

五　女红里的闲适

朋友推荐给我一本书——《把时间浪费在美好的事物上》，封面是一个梳着齐耳短发、眉目安静的女子坐在椅子上，低首做着女红。一见书名就觉得深得我心，再看封面更是喜欢。翻开来才知道作者竟然是被誉为"全国最美女主播"的四川卫视主持人宁远，如今她已辞去了主持的工作，开着自己的小服装店，当着自己的"首席设计师"，做手工、读书写作、喝茶种菜……宁远把这些叫作"美好的事物"，她说："把时间浪费在美好的事物上，才是美好的生活。"

忽然觉得很感动，这样坚守内心的一方云天，不急不躁地赶路，无欲无求地生活，实在让人心生敬意。女红，在古代是女子们在闺中和夫家必须掌握的一门手艺，靠此缝补出一片烟火生活。而在现代，则是为了求得内心的安宁闲适，常常看到有女孩倚着门框，精心地绣着一幅十字绣，容貌再平庸的女孩，也因了这一低头的娴静而添了几分味道。

时常怀念老上海量体裁衣的古典，那些裁缝们仿佛是魔术师，更是艺术家。一直迷恋那些紧贴着身体曲线的旗袍，温软熨帖，细密的针脚里缝制出的都是无尽的风情。工业化的流水线制造出来的衣服，只是一堆没有感情的布料，而手工缝制的衣服却拥有灵魂。只有手工才能让衣服获得温度。记得去杭州旅游时在一家小店邂逅一幅花布，欣喜地买回来，爱不释手。干脆决定把它做成一条裙子。剪刀轻如小舟，从美艳的布匹上滑过，针似蝴蝶，在裙边翩跹飞舞。一针一线缝缝补补的时候，光线在窗外爬满青藤的墙上走动，倏忽一个下午就过去了，而我收获的不仅是一条无与伦比的裙子，更是一份闲适清幽的心境。

忙字拆开来就是亡心，人一忙，心就没了。把心找回来的方式有很多种，比如读书，比如写作，比如听音乐……而我犹爱女红，几块碎花布在飞针走线下，拥有另一番气质和模样，这过程，多么美妙。而认真做事情的女子，永远气定神闲。

朋友一定是太了解我，知道我的喜好，才送我这本书。想起宁远在书里写的："人到了一定年龄，开始更在乎自己的内心，开始去思考那些年轻时来不及思考的问题，喜欢一个人静静生活，少了抱怨和解释，多了沉默和孤独，甚至妥协。所以，喜欢在简单的手工劳动里，和自己对话，与自己相处。"

这话道出了多少喜欢女红的女子心声，在这世间，能够静静地做着喜欢的事，和喜欢的人在一起，过着安稳的生活，这样的女子，即使红颜老去，也会心态平和，美丽依旧吧。

六 一花一世界

家里有一盆栀子花，到了花期，却一直没有开花，我气恼之余，便将它抛于阳台一隅，再也不去照看它。

那段时间，心情就像一团乱乱的线团，烦闷就像鱼缸里的那只鱼，兜兜转转，总也逃不脱玻璃的困囿。

忽然有天在阳台上搭衣服的时候，闻到了一丝清幽恬淡的香气，这种香，香得清，香得雅，肯定是花香。我沿着香气，细细搜寻，在一堆杂物后面发现竟是栀子花开花了。碧绿的枝叶间是一粒粒明珠般的花蕾和一小朵一小朵纯白如玉的花朵，那种娴静的姿态，让人心动。凑近去，香气如溪流在暮色里涌动，悄无声息地淹没我，一周前我把它"打入冷宫"，如今，她依然以幽香回报我，没有丝毫怨气。

这么长的"幽闭"时间，它原来是在暗暗积蓄能量，等待着合适的时机，吐露芳华。我捧着一朵花，与它对晤，夜色渐渐弥散开，我仿佛能听到一朵花传达给我的哲理。这世间，只有默默在黑暗的地底积蓄力量，才能一展芳姿，惊艳天下，就像那么多的花都是花期短暂，而它们仍然为这烟花般的美丽付出一生的努力。

很多事情，都是但行好事，莫问前程。只有付出了，才会有绽放的机会，如果太计较得失，可能最终一无所获。泥土里的那些暗无天日，都是必须经历的过程，但黑暗不是人生的底色。积蓄力量，终会有绚烂夺目的瞬间。这个晚上，一朵花已为我解答了一切疑惑。

万物有道，就在眼前的一枝一叶中。闭上眼，轻嗅着栀子花的清香，思绪仿若秋日晴空里的几抹浮云，轻盈，闲淡，恬静。

七 有恋物情结的人都是可爱的

从小就喜欢收集各种有趣的小玩意儿，每次走入工艺品小店都会流连忘返，恨不得把喜欢的玩意儿都搬走。家里到处摆满了各种不实用的大小玩意儿，我丝毫不能节制，还在不停地往家搬运，如一只不知疲倦的小田鼠。

一双红色的袜子，上面缝着一张扭曲的人脸，写着"踩小人"，我只穿了一次，被朋友发现，大大笑话了我一番，结果只是放在那儿，偶尔把玩下那袜上的小脸。一支坠着玉珠的淡绿玉簪，刚买回时爱不释手，喜欢那簪子的身子是一只细长的小蛇，结果从没勇气戴过，毕竟太小众。一头青丝与簪子两两相对，好像能听到它们互相叹惋。一个泰国清迈的原木果盘，绘着神秘的花纹，从没舍得用它盛过水果。一只青铜做的雕着朱雀的书签，一个浮着花朵和枝脉的花纸灯笼……家人总是抱怨，抱怨家中快成杂货铺了，而我仍不知悔改，只因是个有恋物情结的人。

记得大学时有个男同学坐我同桌，那时我总觉得他愣头愣脑，傻傻的。直到有天，我正在专心听课，忽然听见桌斗里窸窸窣窣，他在摆弄什么玩意儿，我好奇心大动，弯下腰一看，哇，满满一盒子古钱币，他正小心把玩着，双眼如炬，闪闪发亮，整张脸都变得生动了。那一瞬间，我觉得他可爱极了，原来这个闷男孩和我一样，都是有恋物情结的人。

还有个女同事，长相很普通，一直没有结婚，却不急不躁，安静地过着自己的日子。没想到，有天我见到了她不为人知的另一面。那次，公司有急事，我来不及跟她打招呼，就敲响她的家门。她去书房的电脑上为我打印资料。我愣愣地坐在客厅，像个不小心掉入温柔乡的呆子。满客厅都摆着各种形态的烛台，烛台上是五彩斑斓的香薰蜡烛，满屋子都流动着馥郁的芳香，真是一场视觉与嗅觉的盛宴，很难想象这样的梦幻华丽是发生在这个平凡的女孩家中。

我一边赞叹，一边欣赏那些烛台，复古彩色琉璃烛台有着欧式的浪漫，蕾丝铁艺鸟笼烛台是田园的清新，原木镂空的烛台满是自然的质朴气息，那么多各式各样的烛台看得我眼花缭乱。

同事做完工作走出来，她穿着一袭丝绸睡衣，倚着书房门笑着对我说："看傻了吧？我就爱收集这个，快成瘾了。"哦，原来又是一个有恋物情结的人。屋里只开着一盏台灯，到处都是高高低低摇曳的烛光，她站在烛光深处，那张平凡的脸竟然有了一丝别样的妩媚。

总觉得有恋物情结的人都是些长不大的孩子。后来看书上说，有恋物情结的人，多少都会有点缺乏安全感。因为安全感这种特殊的心理需求，来源于外部环境的一成不变，来源于对周围一切事物的控制之中。没有安全感的人都会有点占有欲和控制欲，所以慢慢地越来越恋物。

不管如何，这世间任世事浮沉，我只与满室喜爱的物件相拥，一一把玩。此刻，自己已幻化成了坐拥天下的帝王，富足而幸福。这种感觉，是什么都替代不了的。

八　蔷薇满墙的书吧

一直有个梦想，开一家雅致的书吧。

须得是两层楼，楼下是花店，满是或高或低的花卉，放得疏落有致，不能太挤挤挨挨，要让它们像在山野崖畔生长的样子，有自由自在伸展枝叶的空间。花丛里摆放着几张原木小桌，桌上都是陶罐，插着各样鲜花。必须是陶罐盛放这些草木精华，因为陶罐那古朴沉静的颜色去配这些娇艳，才不会让花们失于轻浮了。总感觉那些插在玻璃器皿、塑料花瓶里的花就像待价而沽的酒肆歌女，而陶罐里的花才有种庄重的意味，就像养在深闺人未识，一朝惊艳天下的大家闺秀。桌旁的小椅可以坐人，点一杯清香的茉莉花茶，坐在这里，饱饱地品完满目的花香鸟语后，再移驾楼上。

楼上四壁都是高高的书架，各种书分类摆放，书架旁有折叠小梯，方便取书。临窗是舒适的沙发，方便那些像我这样看书时喜欢翘着腿斜躺的人。其余各处摆放着藤编的小桌和带扶手的藤椅。小桌可圆可方，圆形的适合两三友人围桌一边品茗看书，一边为书中的内容小声交谈，方形的适合不相识的读书人各居两端，各自看书，互不相扰。如果空间允许，我还想让书吧里放一台钢琴，让每天溪水般的叮咚乐曲淌过每个人心头。

书吧的陈设要趋近自然，草编的笔筒、麻绳穿起的留言簿、浅咖色格子粗布桌布、树枝做的灯罩，等等。因为我想让每一个来这里读书的人，都有种返璞归真、"复得返自然"之感。

可是，这个书吧只是构筑在我想象的云端，作为一个为工作忙碌奔波的人，我没有勇气放弃一切去完成这个梦想。所以，我一直将这个梦悉心收藏，在疲惫的时候，才小心捧出，细细擦拭，也算是一点微弱的慰藉。

有天，走过一条隐蔽的小巷，忽然惊现满墙娇艳夺目的蔷薇，沉甸甸的花朵深红、浅红、粉红，艳色纷呈，就像一方绿底碎花的织锦，美丽夺目。而这花朵掩映下竟是一个古色古香的招牌，写着"蔷薇书吧"。我轻轻地走进去，原木的地板，藤编的书桌和椅子，靠窗的大沙发，还有高至天花板的书架，我仿佛一脚踏入了自己营造的梦中，神思恍惚。通过跟店员攀谈才知，书店的主人原来是个公司的白领，薪水很高，人人羡慕。但他毅然辞去这份他不喜欢的工作，因为他爱读书，所以就干脆开了个这样的书吧，不求挣很多钱，只求能多结交一些爱书的朋友，能有清静的心和充裕的时间看书。

我远远地看着那个埋头读书的店主，满心都是钦佩和感动。我们每个人都有过梦，我们都曾一遍遍地将梦想描摹得很美好。但梦想不是只做梦，而是要勇敢努力去实现，让梦想照进现实，这才是没有辜负自己，辜负光阴。而只有闲淡洒脱的心境才能放慢生活的节奏，坐在这里，过着"万卷古今消永日，一窗昏晓送流年"的日子啊。

九　棉布时光

有次和友人经过一个小店，店名是"棉布时光"。店主是一个长着一张"月脸"的女孩，让我不禁想起大学时的好友，也是长着一张皎洁如月轮的圆脸，是巨蟹座的女子，很居家。

店里高高低低地堆着一匹匹美丽的棉布，有我最喜欢的碎花，还有印着大朵绚烂的牡丹的，有横着疏落的梅枝的，都极美。格子架上摆着可爱的布偶、小孩儿穿的小鞋子、小衣服、放杂物用的收纳盒、围裙手袋……这些都是各色棉布做的，满屋子都流动着一种淡淡的馨香，那是家的味道。

友人想买走一只棉布小兔，一问价格，便絮絮地埋怨太贵。女孩一张粉脸泛起一抹微红，我也替她尴尬，忙跟友人说："这些手工制品上累积的时间和感情可是无价的啊。"女孩感激地抬眸望向我，我和她相视一笑，心底竟有几分遇到知音的喜悦。后来，我经常光顾女孩的小店，在她的指导下也试着做一些棉布手艺，慢慢地，这里竟成了我繁忙生活外一处世外桃源了。而那些棉布在指尖轻柔绕过的日子，也成了回忆里一段闲云野鹤般散淡的时光。

喜欢棉布的女子，都不会张扬跋扈，都有种旧衣衫的随和妥帖，笑起来不会惊艳众人，却会给人一种家常的温暖。喜欢棉布的女子找的爱人，不会是牛仔布的坚硬刚毅，不会是涤纶布的清冷疏远，而是棉布这般的质朴贴心，宜室宜家。他不会说太多蜜语，做太多浮夸浪漫之事，但却会在你疲惫时主动包揽一切家务，在寒冷的冬日默默将你的被窝焐热。

现在的衣服各种面料都有，华贵的真丝、绸缎，飘逸妩媚的雪纺、欧根纱，等等，都是女子们的心头好。棉布因为易缩水，易有皱褶，穿的人越来越少了。但包裹那些初生婴儿的，都是软如母亲肌肤的棉布衫。白天在外忙碌一天的人们，回家后也更愿意换上一袭棉布睡衣，任心情也随着轻暖的衣衫包裹而变得宁静下来。棉布，总是能给人返璞归真之感。

有时，真想沉在这棉布一样的时光里，暖暖的，软软的，如躺在母亲的怀抱里，安心踏实，如睡在云朵里，不想醒来。

十　那些夏日的午后

盛夏，蝉声如雨，闷热的天气，只想泡在空调房里。常常在恍惚间就想起了那些逝去的夏日，那些绿意盈盈的午后。

暑假，这个长短刚刚好的假期是我儿时最幸福的时光。刚进入初夏，我和伙伴们就会商量起暑假玩什么。我们想了很多种方案，甚至还想到去热带雨林探险，但到最后，这些奇思异想总是会像我爱吹的肥皂泡一样啪地破灭了，我们的每个暑假无一不是围绕着"花雨河"展开的。

"花雨河"是我家不远处的一条河，其实，严格地说，它不算一条河，因为它太细，太短，河中央摆上几块石头，男孩子们三步两步就能迈过去。河边是两排高高的白杨，其间还夹杂着一株不知名的花树，花总是开得特别热闹，层层叠叠的粉色花瓣攒成一个个球，把枝头都压得弯下了腰，远远看去，整棵树像蒙着一层浅粉轻红的薄纱，这种树的花特别容易凋谢，风一吹就簌簌地飘落，落在河面上，随水宛转流向远方。我喜欢躺在树下，抬头等着风过时下起花瓣雨，那纷纷扬扬的花瓣从闪烁着阳光的枝叶间悠然飘落，就仿佛是从天上飘落的一样，无边的馨香中，小小的我郑重地把这条河命名为"花雨河"。

寂静的午后，小院里响起了父亲的鼾声，我会猫着腰蹑手蹑脚地绕过他的脚丫子，悄悄拨开门闩，哦，还会对一脸好奇的大黄狗挥挥手，然后跟伙伴们撒腿飞奔到花雨河。这里静得只能听到清脆的蝉鸣，炎热的酷暑天，我和小伙伴们最喜欢做的事就是把脚浸到冰凉清澈的河水里，晃呀晃，让河水像丝缎一样在脚面上、脚脖旁滑过。那时的我们有多少话啊，说也说不完！阳光细细碎碎地从树叶间洒在我们身上，风吹过，带来白杨树的清香，闭上眼深深呼吸，这就是夏天的味道啊，我们互相追逐着，嬉闹着，在绿荫下跑成一缕凉爽的风。

河的对面是大片的玉米地，也夹杂着小块的芋头地，芋头叶子跟荷叶相似，大如伞盖的绿叶子泼辣辣地铺了一田，下过雨最好看了，整个田里滚来滚去的都是零珠碎钻，璀璨闪烁得令人不敢直视。不知是谁先想出的主意，摘芋头叶顶在头上，清凉凉的感觉像小鱼一样在心中乱蹦，好像一瞬间就含着整个甘甜碧绿的夏天。田的尽头是一个大水泵，清凉的水欢跳着奔向排水沟里，我们脱掉鞋，赤脚走在田塍上，时不时感受着水珠的凉意沁人心脾，松软的田地里有各种各样的小生命，有时邂逅一只愣头愣脑的蚂蚁，就把它捉来，扔进树叶做的小船，放到排水沟里任其漂流。

如今，岁月荏苒。有次给儿时的好友妞子打电话，很想问她："你还记得花雨河吗？"但我最终什么也没说，只是给她寄去了一信封花树下的花瓣，真的好怀念，那些年少不知愁的日子，和那些闪亮的夏日午后。

十一　走走停停，与世界对话

年少时很喜欢陈绮贞的歌，尤其喜欢那首《旅行的意义》："你看过了许多美景，你看过了许多美女，你迷失在地图上，每一道短暂的光阴……"都说旅行就是一个人从待腻了的地方去往别人待腻的地方。旅行的意义，对于每个人都有不同的诠释，而对于我，就是与世界对话，找寻生活中被忽略的底色，心底一直未触碰的柔软，和一蓬蓬思想的火花。

有次和朋友们去探寻古村落，在绿荫斑驳的小村里，我们发现了一口古井，记得看过一本明清志怪小说，里面有篇说的是古人都认为井幽深森凉，可通往地府，甚至是未来世界。如今，伏在黑黢神秘的井边，虽然是七月天，却觉背上一层阴凉。忽然，一个朋友叫起来："快看里面。"我们仔细看，才发现井壁上长着一株细弱的小树，执着地向井外伸展着枝叶，如一个不慎掉入井中的人，正努力向外攀爬，只为获取那阳光雨露的恩惠。我们不禁默然，周围如沸的蝉鸣也好像变成静音，集体噤声。都为这强大的不屈不挠的生命力折服。不知道那颗种子，经历了多少黑暗里的恐惧绝望的折磨，仰望着头顶的一线阳光心生不甘，才开始生出倔强的心思，拼了命地扎根井壁，靠着天降的一点点雨水和丝丝阳光，努力从井底探出头。众人离去后，我回过身，对着小树深深鞠了一躬，为它给予我的彻悟。

还有一次，在山中游玩，不知不觉入山深了，转过一个崖峰，看见一个简陋的茅屋。茅屋旁是一株开得恣意的桃花，满树云霞，绚烂似锦。我不禁眼红，这茅屋里不知住着什么人，有福消受这一树娇红，出门进门便是满怀春色。谁料，茅屋里颤巍巍地走出一个拄着拐杖的老人，一双眼珠向上翻着，露着骇人的惨白，原来是位盲人。我站在万道花光下沉默良久，这棵花树的芳姿原来无人可赏，它就这样长在幽深的山谷中，旁边陪着一个看不见东西的老人，自开自落。可是为什么要为某个看客完成一个花季呢？它不为别人喝彩，只为无愧于生命，既来到这世上，即使是空无一人的舞台，没有掌声和喝彩，它也认真高傲地美丽着自己的美丽。是啊，不是做什么都要理由的，只要听从于内心的呼唤，无愧于心即可。

黄磊有首歌叫《边走边唱》，我喜欢这种潇洒。走走停停，抽出空闲与世界对话。以一种虚心的姿态倾听自然教与我的真谛，感受万物中存在的哲理。白云苍狗，瞬息万变中，心仿佛也得以脱胎换骨。

图书在版编目（CIP）数据

愿我们终被时光雕刻 / 王晓静著 . —北京：中国华侨出版社 , 2016.1

ISBN 978-7-5113-5933-9

Ⅰ.①愿… Ⅱ.①王… Ⅲ.①随笔 – 作品集 – 中国 – 当代 ②散文集 – 中国 – 当代 Ⅳ.① I267

中国版本图书馆 CIP 数据核字（2016）第 003149 号

愿我们终被时光雕刻

著　　者	/ 王晓静
责任编辑	/ 文　喆
责任校对	/ 王京燕
经　　销	/ 新华书店
开　　本	/ 670 毫米 × 960 毫米　1/16　印张 /16　字数 /173 千字
印　　刷	/ 北京建泰印刷有限公司
版　　次	/ 2016 年 6 月第 1 版　2016 年 6 月第 1 次印刷
书　　号	/ ISBN 978-7-5113-5933-9
定　　价	/ 29.80 元

中国华侨出版社　北京市朝阳区静安里 26 号通成达大厦 3 层　邮编：100028
法律顾问：陈鹰律师事务所
编辑部：（010）64443056　　64443979
发行部：（010）64443051　　传真：（010）64439708
网址：www.oveaschin.com
E-mail：oveaschin@sina.com